Bárbara Montes & Juan Gómez-Jurado
AMANDA BLACK – Die Mission beginnt

BÁRBARA MONTES
JUAN GÓMEZ-JURADO

AMANDA BLACK

DIE MISSION BEGINNT

Aus dem Spanischen
von Tamara Reisinger

cbj

MIX
Papier | Fördert gute Waldnutzung
FSC® C014496

Penguin Random House Verlagsgruppe FSC® N001967

1. Auflage 2024

Die spanische Originalausgabe erschien 2021 unter dem Titel
»Amanda Black – Una herencia peligrosa« bei B de Blok,
einem Imprint von Penguin Random House Grupo Editorial, S. A. U.

Übersetzung: Tamara Reisinger
Umschlagillustration & Innenillustrationen: © David G. Forés 2021
Umschlaggestaltung: Guter Punkt GmbH & Co. KG
ah · Herstellung: aw/lh
Satz: Uhl + Massopust, Aalen
Druck: GGP Media GmbH, Pößneck
ISBN 978-3-570-18205-5
Printed in Germany

www.cbj-verlag.de

Bárbara Montes widmet dieses Buch
Alejandro, Jorge, Nerea und Cristina.

Juan Gómez-Jurado widmet dieses Buch
Andrea und Javi.

Kapitel 1

Ich bin zwölf Jahre alt, und morgen schreibe ich einen Test in Sozialkunde, für den ich noch nicht wirklich viel gelernt habe. Aber das ist gar nicht mein größtes Problem.

Mein größtes Problem ist, dass die Bank meine Tante Paula und mich noch vor dem Wochenende aus der Villa Black werfen wird. Zumindest *war* das mein größtes Problem – bis vor drei Sekunden.

Denn da wurde das Seil, an dem ich mich aus dem 180. Stock des Firmenhochhauses der Dagon Corporation (dem Dagonturm auf dem Dagonplatz 1) abgeseilt habe, durchgeschnitten.

Jetzt gerade stürze ich aus 477 Metern Höhe, mit einer Geschwindigkeit von ungefähr 55 Metern pro Sekunde.

Nach meinen Berechnungen schlage ich in weniger als neun Sekunden auf dem Boden auf.

Aber auch das ist nicht mein größtes Problem.

Mein größtes Problem ist, dass derjenige, der das Seil durchgeschnitten hat, mein bester Freund ist.

Oder zumindest dachte ich, dass er das ist.

Kapitel 2

Ich heiße Amanda Black, und meine Geschichte beginnt an einem Tag, der noch gar nicht so lange her ist.

Mein Leben damals war die reinste … Ich weiß nicht, wie ich es nett ausdrücken soll, daher erzähle ich jetzt einfach davon, und du denkst dir den Satz selbst zu Ende.

Ich habe zusammen mit meiner Großtante Paula in einer Einzimmerwohnung gelebt – wobei sie mehr eine Großmutter ist als eine Tante; ihre Liebe kann manchmal ziemlich anstrengend sein. Aber trotzdem bin ich froh, sie zu haben. Sie hat mich zu sich genommen, da war ich noch ein Baby. Denn meine Eltern sind kurz nach meiner Geburt gestorben. Ich habe keinerlei Erinnerungen an sie. Tante Paula ist also die einzige Familie, die ich habe.

Unsere Wohnung war winzig, kaum größer als ein kleines Schlafzimmer, und wir mussten uns das Badezimmer mit unserem Vermieter teilen, dem nicht nur das mexikanische

Restaurant direkt unter unserer Wohnung gehörte, sondern das ganze Gebäude. Ein Gebäude, das völlig in sich zusammenfiel und sich in einem der schlimmsten Viertel der Stadt befand. Unser Vermieter arbeitete nicht mehr in dem Restaurant, das hatte einer seiner Söhne übernommen. Er selbst ging nur zum Essen hin. Der Mann liebte mexikanisches Essen. Und »liebte« = »Er aß nichts anderes«. Je schärfer, desto besser. Er mochte wirklich unglaublich gern scharfes Essen.

Kilotonnen an scharfem Essen.

Ich musste noch vor dem Morgengrauen aufstehen, um das Bad benutzen zu können, denn unser Vermieter war sehr früh wach. Und wenn ich das Rennen gegen ihn verlor, wurde das Badezimmer zum Katastrophengebiet. Dann hätte man es unter Quarantäne stellen und das biologische Höchstrisiko ausrufen müssen. Ich hätte mir mit einer Wäscheklammer die Nase zutackern müssen, um mich durch den Geruchsdschungel zu schlagen, oder mich hätte ein grauenhafter Erstickungstod erwartet.

Aber mein Leben war dabei, sich zu wenden.

Und du hast ja keine Ahnung, wie.

Ich machte gerade meine Hausaufgaben in einem Lüftungsschacht zwischen Erdgeschoss und erstem Stock. Wieso ich meine Hausaufgaben in einem Lüftungsschacht machte?

Dazu kommen wir noch. Im Moment reicht es, wenn du weißt, dass ich mich oft dort versteckt habe, damit der Vermieter mich nicht findet. Er versuchte ständig, mich oder meine Tante Paula abzufangen, um die ausstehenden Mietzahlungen einzukassieren. Wir hatten nicht viel Geld. Oder besser gesagt, wir hatten GAR KEIN Geld. Das, was meine Tante verdiente, reichte gerade so fürs Essen.

Jedenfalls ging jemand direkt am Lüftungsschacht vorbei. Ich hörte, wie sich die Schritte entfernten, wie die Person höher stieg. Aber nicht viel höher, denn die Schritte verklangen im ersten Stock, wo nur unser Vermieter, meine Tante Paula und ich wohnten. Ich fand das sehr merkwürdig, weil wir nie Besuch bekamen. Der Vermieter nicht, weil er ein ziemlich unangenehmer Mensch war; wir nicht, weil wir niemanden kannten und keine weitere Familie hatten.

Ding-dong.

Ding-dong.

Schritte. Eine andere Klingel.

PRRRRRIIIIING.

Sofort drang die raue Stimme unseres Vermieters durch die Tür: »Ich komme, ich komme. Einen Moment.« Der letzte Satz war lauter zu hören, daher ging ich davon aus, dass er dem mysteriösen Besuch die Tür geöffnet hatte. »Was wollen Sie?«

»Ich habe einen überaus wichtigen Brief für Amanda Black.« Die Stimme klang weich und vornehm. »Wissen Sie, ob sie zu Hause ist? Ich habe geklingelt, aber niemand öffnet die Tür.«

»Weiß ich nicht, ich bin nicht ihr Portier. Wenn Sie wollen, können Sie den Brief mir geben«, erwiderte der Vermieter mürrisch.

»Das wird nicht möglich sein, mein Herr. Es ist ein Brief, den ich Amanda Black nur persönlich überreichen darf. Wie bereits gesagt, es ist ein überaus wichtiger Brief.«

»Wieso sollte ausgerechnet dieses Mädchen einen so wichtigen Brief bekommen? Sie und ihre Tante sind nichts weiter als zwei arme Kirchenmäuse, die mir mehrere Monatsmieten schulden. Geben Sie mir den Brief und verschwinden Sie!«

»Es tut mir leid, mein Herr, aber dieser Brief befindet sich seit nunmehr zwölf Jahren in unserem Besitz. Wir wurden mit der Aufgabe betraut, ihn einzig und allein Amanda Black zu überreichen. Ich werde zu einem späteren Zeitpunkt zurückkehren. Vielen Dank für Ihre Zeit, mein Herr.«

»Scheren Sie sich doch zum …« Das letzte Wort wurde von der zuschlagenden Tür verschluckt.

Die Schritte näherten sich erneut dem Lüftungsschacht, in dem ich mich befand, und entfernten sich dann in Richtung Haustür. Einige Sekunden später verließ unser Vermieter seine Wohnung, schloss mit lautem Klackern die Tür ab und kam die Treppe herunter, wobei er ebenfalls, ohne es zu wissen, an meinem Versteck vorbeiging. Sobald er im Erdgeschoss war, blieb er stehen, um sich mit einem Nachbarn zu unterhalten.

Ich war inzwischen das reinste Nervenbündel.

Ich musste die Person aufhalten!

Ich musste wissen, was in diesem Brief stand, wer ihn geschrieben hatte und warum er so wichtig (überaus wichtig) war!

Aber wie kam ich aus dem Haus, ohne dass unser Vermieter mich erwischte? Wenn er mich entdeckte, würde er die Miete von mir verlangen, und ich hatte nichts, womit ich ihn bezahlen konnte.

Plötzlich kam mir eine Idee.

Kapitel 3

Ich kroch aus dem Lüftungsschacht und ließ meine Bücher, Hefte und Kulis zurück. Die würde ich später holen. Schnell rannte ich die Treppe nach oben bis in den vierten Stock und zu dem Fenster am Ende des Ganges. Ich hatte ziemliche Mühe, es zu öffnen. Alles an diesem Gebäude war in einem schlechten Zustand, aber niemand reparierte es. Nachdem ich eine Weile mit den Scharnieren gekämpft hatte, schaffte ich es endlich, das Fenster zu öffnen. Gerade noch rechtzeitig, denn ich war kurz davor, die Scheibe einfach einzuschlagen. Ein Schaden mehr oder weniger in diesem Haus würde auch nicht mehr auffallen.

Es regnete.

In Strömen.

Und ich hasse Regen.

Wenn es regnet, locken und kräuseln sich meine Haare, sodass ich aussehe wie ein frisch gewaschener Zwergspitz.

Grummelnd stieg ich durchs Fenster nach draußen und kletterte an der Dachrinne, die direkt daneben verlief, zum Fensterbrett im fünften Stock hinauf. (Das Fenster dort war mit Brettern zugenagelt, was ich wusste, weil ich es beim Spielen mit einem Kind aus der Nachbarschaft zerbrochen hatte. Daher war ich ja auch aus dem vierten Stock geklettert.)

Als ich mein Ziel erreicht hatte, drehte ich mich vorsichtig um, drückte mich mit dem Rücken an die Mauer und sah nach unten. Das hätte ich definitiv nicht tun sollen. Denn mir wurde sofort ein wenig schwindelig. Wenn ich hier runterfiel, endete ich als Aufkleber auf dem Gehweg. Und das würde bestimmt höllisch wehtun. Aber ich hatte es bis hierher geschafft, also musste ich auch weitermachen. Ich atmete ein paarmal tief durch und sprang dann auf das Gebäude gegenüber zu.

Kaum war ich in der Luft, wurde mir schlagartig klar, dass ich mich in der Entfernung verschätzt hatte. Die Wahrscheinlichkeit, dass ich den Vorsprung, den ich eigentlich hatte erreichen wollen, verfehlte, war hoch bis sehr hoch.

Ich schaffte es natürlich nicht.

Stattdessen erwischte ich gerade noch das Geländer eines Balkons. Ein paar Sekunden hing ich einfach nur da, bevor ich auf den Balkon hinaufkletterte. Allerdings hatte ich so viel Pech, dass ich wegen des Regens (habe ich schon erwähnt, dass ich Regen hasse?) mit einem Schuh abrutschte und beinahe wieder runtergefallen wäre.

Doch schließlich schaffte ich es, zurück nach oben zu klettern und mich am Geländer entlangzuhangeln, bis ich einen weiteren Vorsprung erreichte. Vorsichtig – um ja nicht noch mal abzurutschen – schob ich mich vorwärts.

Hinter einem der Fenster, an denen ich vorbeikam, sah ich ein paar kleine Kinder, die in einem Wohnzimmer mit Superheldenfiguren spielten. Ich zwinkerte ihnen durch die Scheibe zu, machte die Geste nach, die Spiderman macht, wenn er einen seiner Spinnfäden abschießt, und ließ mich dann aus ihrem Sichtfeld fallen. In Wahrheit sprang ich nur auf die Feuerleiter, aber ich bin mir sicher, dass die Kleinen den Tag nie vergessen werden, an dem sie glaubten, Spiderman gesehen zu haben – obwohl es sich tatsächlich nur um ein Mädchen handelte, das nicht viel älter war als sie.

So schnell ich konnte, stieg ich die Feuerleiter nach unten. Dabei berührte ich kaum die Streben, flog vielmehr Stockwerk um Stockwerk nach unten. Ich hatte nicht die geringste Ahnung, wie ich das machte. Ich war selbst überrascht von meinen Fähigkeiten, vor allem wenn ich daran dachte, dass ich in Sport nicht gerade gut war.

Ich erreichte den ersten Stock … Und da endete die Feuerleiter. In die Mauer war allerdings so etwas Ähnliches wie eine Leiter eingelassen, ich musste das Ding nur aushängen und nach unten schieben. Und das versuchte ich auch, und wie, aber das Teil machte so laute Geräusche, dass ich sofort wieder aufhörte. In der Nachbarschaft wurde nur zu gern getratscht. Alle würden rauskommen, um nachzusehen, was hier los war, und ich würde gewaltig eins auf den Deckel kriegen.

Mir blieb nur eine Möglichkeit: von der Plattform, auf der ich mich gerade befand, nach unten auf den Boden springen.

Und da es die einzige Möglichkeit war, tat ich das Einzige, was ich tun konnte: Ich sprang.

Ich fiel durch den Regen, das rechte Bein unter meinem Körper angewinkelt, das linke zur Seite ausgestreckt, sodass sie ein Dreieck bildeten. Meinen linken Arm hatte ich über die Schulter nach hinten gebogen und die rechte Hand mit der Handfläche nach unten gerichtet, um mich abzufangen.

Ich dachte ja, ich würde mir ein Bein brechen oder wie ein Hackbällchen, das aus dem Topf entkommen war, über den Boden kullern. Aber nein: keine Knochenbrüche und auch kein kullerndes Hackbällchen.

Nur eine perfekte Landung und ein merkwürdig surreales Gefühl.

Scheinwerfer beleuchteten mich von vorne. Bremsen quietschten. Während ich mich aufrichtete, wurde eine Auto-

赤の女王

tür geöffnet und dann wieder geschlossen, nachdem die Person auf der Fahrerseite ausgestiegen war. Schritte näherten sich mir.

Die Scheinwerfer blendeten mich, aber ich konnte trotzdem erkennen, dass die Person eine ungewöhnliche Statur hatte: Sie war sehr groß und sehr dünn. Sie trug die Uniform eines bekannten Transportunternehmens. Eine Mütze verdeckte fast ihr ganzes Gesicht, bis auf sehr schmale Lippen, die sich zu einem ironischen Lächeln verzogen.

»Gehe ich recht in der Annahme, dass Sie Amanda Black sind?«

»Ja, bin ich. Ich glaube, Sie haben einen Brief für mich.«

Der Mann nickte einmal, ehe er mit der Hand in die Innentasche seines Mantels griff, einen Umschlag hervorholte und ihn mir reichte.

Ich nahm ihn entgegen. Er war nicht beschriftet.

»Sie dürfen ihn erst heute Nacht um 23 Uhr 57 und fünfzehn Sekunden öffnen«, sagte der Mann. Mir kam der Verdacht, dass er kein gewöhnlicher Bote war. »Das hier ist kein gewöhnlicher Brief und ich bin auch kein gewöhnlicher Bote. Wenn Sie sich nicht an die Anweisung halten, wird sich der Brief selbst zerstören.«

Ich betrachtete erneut das Stück Papier, das ich in den Händen hielt. Ich hatte eine Menge Fragen, aber als ich wieder aufblickte, war der Bote bereits zurück ins Auto gestiegen und fuhr durch den Regen davon. Ich konnte nur noch die Rücklichter sehen.

Ich verbarg den Umschlag in meiner Hosentasche und strich mir mit einer Hand durch die Haare. Ich hatte es gewusst! Sie fingen schon an, sich zu locken. Sobald sie trocken waren, würden sie aussehen wie der Bommel einer Wollmütze.

Mit einem tiefen Seufzen ging ich zurück in Richtung meiner Haustür. Als ich das Haus erreichte, musste ich schnell in Deckung gehen, denn der Vermieter unterhielt sich immer noch mit dem Nachbarn. Diesen Eingang konnte ich also abhaken. Ich wollte auf keinen Fall, dass er mich entdeckte und mich mit Fragen wegen der ausstehenden Miete löcherte. Nicht, solange meine Gedanken damit beschäftigt waren, was in diesem Umschlag sein könnte, der mir gerade überreicht worden war.

Ich musste mir etwas überlegen.

»Hatschi!« Ich nieste, meine Haare waren inzwischen völlig nass.

Und zwar schnell.

Kapitel 4

Während meines Niesanfalls stieg mir die Lösung direkt in die Nase. Ich musste nur noch ein bisschen warten, aber nicht allzu lange. Der Geruch von Abendessen hing bereits in der Luft. Gleich würde das Signal kommen, auf das ich wartete.

Beinahe gleichzeitig wurden mehrere Fenster in unserem Gebäude aufgemacht, und die Erwachsenen steckten den Kopf raus, um ihre Kinder zu rufen. In diesem Viertel war es egal, ob es regnete – die Wohnungen waren so klein, dass der Großteil der Kinder nach den Hausaufgaben lieber im Park spielte, als zu Hause zu bleiben, wo sie dicht aufeinanderhockten und sich kaum bewegen konnten.

Auf dem Gehweg gegenüber sammelte sich eine Gruppe von zehn oder zwölf Kindern, die darauf warteten, die Straße überqueren zu können. Ich mischte mich unauffällig unter die vorbeigehenden Menschen und blieb schließlich im Schatten eines nahen Hauseingangs stehen. Sobald die Kinder die Straße überquert hatten, kamen sie auf dem Weg nach Hause an meinem improvisierten Versteck vorbei. Ich musste mich also nur zwischen ihnen verbergen, um unbemerkt von unserem Vermieter in die Wohnung zu kommen.

Die Kinder näherten sich mir. Ich behielt den Vermieter von meinem Versteck aus im Blick und … eins, zwei und drei …

Mit einem blitzschnellen Schritt mischte ich mich unter die Kinder.

»Oh, hallo, Amanda, ich hab dich gar nicht gesehen«, sagte ein Mädchen, das im selben Haus wohnte wie ich. »Warst du auch im Park?«

»Pscht«, zischte ich und hielt mir einen Finger an die Lippen. »Nein, ich war nicht im Park. Aber ich will nicht, dass der Pauldon mich sieht. Verhalte dich ganz normal.«

Das Mädchen lachte leise, nahm die Wollmütze ab, setzte sie stattdessen mir auf und zog sie mir bis fast zu den Augenbrauen ins Gesicht. »Wenn er dich damit sieht, hält er dich für mich. Gib sie mir einfach morgen in der Schule zurück.«

»Danke.«

Noch fünf Meter bis zur Haustür.

Herr Pauldon musterte unsere Gruppe, als wir uns dem Haus näherten.

Vier Meter.

Er reckte den Hals wie eine Giraffe in dem Versuch, unsere Gesichter zu erkennen und mich unter den anderen ausfindig zu machen.

Drei Meter.

Meine Nachbarin beugte sich näher zu mir, damit es so wirkte, als würden wir miteinander tuscheln.

Zwei Meter.

Die Augen unseres Vermieters leuchteten auf, als er mich erkannte.

Mist!

Einen Meter.

Ein paar der Jungs aus unserer Gruppe hatten das Haus bereits betreten, und einer von ihnen hielt die Tür auf, damit sie nicht wieder zufiel. Als ich ebenfalls hineinschlüpfen wollte, streckte Herr Pauldon den Arm aus, um mich aufzuhalten. Ich duckte mich darunter hinweg und hechtete zur Treppe.

Unser Vermieter versuchte sofort, mir zu folgen. Aber meine Nachbarin stellte ihm ein Bein, was dazu führte, dass er stolperte und beinahe zu Boden stürzte. Das verschaffte mir genau die Zeit, die ich brauchte, um den ersten Treppenabsatz zu erreichen. Nach ein paar Stufen hielt ich inne, drehte mich noch mal zu meiner Nachbarin um und formte mit den Lippen ein »Danke«, als sie mir zuzwinkerte. Sie winkte mir zum Abschied, und nur wenige Sekunden später öffnete ich auch schon die Tür zu der Wohnung, in der ich mit Tante Paula wohnte. Meine Hausaufgaben, die nach wie vor im Lüftungsschacht lagen, hatte ich völlig vergessen. Ich war viel zu aufgewühlt.

Tante Paula bereitete gerade das Abendessen auf der kleinen Kochplatte zu, die wir auf eine Obstkiste gestellt hatten und als Küche bezeichneten. Heute Abend gab es gekochten Kohl. Einen Kohlkopf. Den wir uns teilen mussten. Paula bewegte ihren dürren Körper mit ungewöhnlicher Schnelligkeit und wich dabei geschickt den wenigen Gegenständen aus, die wir besaßen. Einige Haarsträhnen waren aus dem für sie typischen tief sitzenden Haarknoten entkommen, was sie viel jünger aussehen ließ als die fast siebzig Jahre, die sie schon auf dem Buckel hatte – zumindest nahm ich an, dass sie so alt war, auch wenn ich nicht die geringste Ahnung hatte, ob das zutraf.

»Tante Paula, du wirst nicht glauben, was mir gerade passiert ist«, sagte ich, holte den Umschlag wieder aus meiner Tasche und zeigte ihn ihr.

»Natürlich werde ich dir glauben, warum sollte ich das nicht tun?«, fragte sie grinsend. Sie drehte die Kochplatte ab, ließ den Topf aber darauf stehen, da wir einfach keinen Platz hatten, wo wir ihn sonst hätten hinstellen können, und kam zu mir. »Dann los, erzähl mir, was passiert ist und warum du so aufgeregt bist.« Tante Paula ließ sich auf das Bett sinken, das beinahe unsere ganze Wohnung ausfüllte, und klopfte ein paarmal auf die Matratze, damit ich mich neben sie setzte.

»Ich habe einen Brief bekommen«, sagte ich grinsend.

»Und was steht in dem Brief?«, fragte sie.

»Das weiß ich nicht. Ich darf ihn erst heute Nacht um 23 Uhr 57 und fünfzehn Sekunden aufmachen.«

»Von wem ist er?«

»Keine Ahnung, ein Bote hat ihn mir gegeben und mir gesagt, ich darf ihn nicht früher öffnen, weil sich der Brief sonst selbst zerstört. Er hat auch gesagt« – ich wedelte mit dem Umschlag vor dem Gesicht meiner Tante – »dass sie diesen Brief vor zwölf Jahren zur Aufbewahrung für mich bekommen haben. Findest du nicht auch, dass das alles sehr mysteriös ist?«

Tante Paula nahm mir den Brief aus der Hand und betrachtete ihn von beiden Seiten. Dann hielt sie den Umschlag unter die Glühbirne, die an einem traurigen Kabel von der Decke hing, und untersuchte ihn im Licht. Ihr normalerweise freundliches Gesicht hatte sich verdüstert und eine steile Falte hatte sich zwischen ihren Augenbrauen gebildet. Sie fuhr mit dem Daumen langsam und vorsichtig über den Umschlag, streichelte ihn beinahe, als wollte sie ihn nicht beschmutzen.

»Das kann nicht sein«, murmelte sie mehr zu sich selbst. »Das kann nicht sein … Außer … Nein, nein, das ist absolut unmöglich.«

»Was kann nicht sein? Weißt du, von wem der Brief ist?«

Tante Paula stand vom Bett auf und gab mir den Umschlag zurück. »Amanda.« Ein seltsamer Ton lag in ihrer Stimme. »Ich habe keine Ahnung, von wem dieser Brief ist. Aber die Uhrzeit, zu der du ihn öffnen sollst, das ist die exakte Uhrzeit deiner Geburt. In exakt diesem Moment wirst du zwölf Jahre alt. Vielleicht sollten wir den Brief sich selbst zerstören lassen, denn das gefällt mir nicht.«

»Was gefällt dir nicht, Tante Paula?«, fragte ich enttäuscht.

»Das alles. Wir wissen nicht, von wem dieser Brief ist … Und du hast gesagt, dass er vor zwölf Jahren aufgegeben wurde … Ich weiß nicht, Amanda, es ist sehr merkwürdig. Es könnte gefährlich sein.«

»Aber …«

»Komm, Liebes, wir essen jetzt erst mal, und danach triffst du eine Entscheidung«, unterbrach sie mich und schob mich in Richtung Kochtopf, in dem der Kohl wartete.

Ich kannte Tante Paula. Sie war immer liebevoll und vernünftig, aber gleichzeitig auch streng und ein wenig stur. Sie wurde nur selten wütend, das musste sie auch gar nicht. Sie brauchte einem nur ihren berühmten warnenden Blick zuwerfen, damit man tat, worum auch immer sie einen gebeten hatte – oder damit aufhörte. Und sie hatte mir gerade diesen Blick zugeworfen. Es gab nichts mehr zu sagen, zumindest im Moment nicht.

Ich sah auf die Uhr, die über dem Bett hing. Es war noch viel zu lange hin, bis ich den Umschlag aufmachen durfte.

Ich schob den Brief wieder in meine Tasche und zog unter dem Bett die Schuhschachtel hervor, die wir als Tisch benutzten.

Nach dem Abendessen verstauten wir unseren Tisch wieder unter dem Bett und wuschen das Geschirr im Bad ab, das wir uns mit dem Vermieter teilten. Um diese Uhrzeit konnten wir die Wohnung gefahrlos verlassen, denn da schlief er wie ein Murmeltier. Wir konnten sein Schnarchen sogar durch die Wände hören. Er klang wie ein Drache mit einer fiesen Erkältung. Ich nutzte die Gelegenheit, um mir die Zähne zu putzen und meine Bücher, Hefte und Kugelschreiber aus dem Lüftungsschacht zu holen. Jetzt verstehst du sicher, warum ich meine Hausaufgaben dort gemacht habe … In unserer Wohnung war einfach kein Platz.

Ich hängte meine Sachen in den »Schrank«, der nicht viel mehr war als eine Gardinenstange über dem einzigen Fenster, das wir in der Wohnung hatten, und schlüpfte in meinen Pyjama, in der Hoffnung, dass die Zeit so schneller verging.

Es half nicht wirklich. Es waren immer noch 34 Minuten und zwölf Sekunden bis zu der genannten Uhrzeit.

Ich nutzte die Gelegenheit, um meine Hausaufgaben fertig zu machen.

Als ich das Heft zuklappte, war es 23 Uhr 56 und 42 Sekunden.

Ich verfolgte mit den Augen den Sekundenzeiger der Uhr. Wie langsam konnte bitte die Zeit vergehen?!

Als es – endlich – 23 Uhr 57 und fünfzehn Sekunden war, passierte etwas mit dem Umschlag.

Kapitel 5

Tante Paula hatte sich unauffällig genähert und beobachtete nun über meine Schulter hinweg, was mit dem Umschlag passierte. Ich hielt ihn mit den Fingerspitzen ganz vorsichtig fest, als würde er mich jeden Moment beißen.

Nach und nach erschienen rote Buchstaben in einer delikat geschwungenen Handschrift auf dem gelblichen Papier.

Bevor ich sie entziffern konnte, riss mir Tante Paula schnell wie der Blitz den Umschlag aus der Hand und hielt ihn über ihren Kopf.

»Gib ihn mir zurück. Was machst du denn da?«, rief ich erschrocken.

»Ich halte es für keine gute Idee, dass du ihn liest, Amanda«, antwortete sie.

Ich stieg aufs Bett und versuchte, mir den Umschlag zurückzuholen. Aber Tante Paula nahm ihn in die andere Hand und brachte ihn außerhalb meiner Reichweite.

»Paula, ich will ihn lesen. Es ist meiner.«

Ich wurde wütend. Tante Paula verhielt sich echt merkwürdig, gar nicht wie sie selbst. Sie hatte mir immer erlaubt, eigene Entscheidungen zu treffen.

»Amanda, ich meine es ernst, ich halte es für keine gute Idee. Um ehrlich zu sein, halte ich es sogar für eine sehr schlechte Idee.«

Schnaubend ließ ich mich wieder aufs Bett fallen. Wenn Tante Paula etwas beschloss, hatte es keinen Sinn, mit ihr zu diskutieren. »Okay, na schön. Wenn du meinst, ich soll diesen Brief nicht lesen, versteck ihn, zerstör ihn, mach damit, was du willst.«

Tante Paula setzte sich neben mich und las erneut die Worte, die auf dem Umschlag erschienen waren. Dabei verdeckte sie sie aber mit ihrem Körper, sodass ich sie nicht sehen konnte – und hielt mir den Brief dann unvermittelt hin.

»Was jetzt?«, fragte ich immer noch wütend und traute mich nicht, danach zu greifen.

»Du hast recht, ich bin egoistisch. Du musst für dich selbst entscheiden.«

»Was ist los mit dir, Paula? So hast du dich noch nie verhalten.«

Ich las die Aufschrift auf dem Umschlag.

Für Amanda Black
An ihrem Geburtstag

»Schau mal, da steht mein Name!«, rief ich, immer noch wachsam, falls Tante Paula beschließen sollte, mir den Brief wieder aus der Hand zu reißen.

»Das sehe ich.« Meine Tante klang resigniert und etwas wie Angst hatte sich in ihre Stimme geschlichen.

»Was ist los?«, fragte ich erneut.

»Amanda, ich glaube, ich kenne diese Schrift … Und ich bin mir nicht sicher, ob du diesen Brief wirklich öffnen solltest.« Ihre Stimme zitterte. »Alles, was von nun an passiert, wird sehr gefährlich werden. Ich habe die ganzen Jahre über versucht, auf dich aufzupassen, dich zu beschützen. Was du in diesem Brief lesen wirst, könnte alles verändern.«

Tante Paula schien wirklich Angst zu haben. So hatte ich sie noch nie erlebt, nicht einmal das eine Mal, als ich gerade sieben Jahre alt gewesen war und sie mich auf dem Jahrmarkt aus den Augen verloren hatte. Ich war den ganzen Tag verschwunden gewesen, und als sie mich schließlich Stunden später Zuckerwatte essend und mit einem Polizeibeamten spielend in der Nähe des Karussells gefunden hatte, hatte sie mich mit Küssen überschüttet, und ich musste ihr versprechen, dass ich mich nie wieder von ihr entfernte, ohne ihr vorher Bescheid zu geben.

Jetzt waren ihre Augen vor Schreck geweitet und über ihren Lippen hatten sich kleine Schweißperlen gebildet. Sie umklammerte ein Geschirrtuch so fest, dass ihre Fingerknöchel weiß hervortraten.

Ich legte den Umschlag aufs Bett, drehte mich zu ihr um und nahm ihre Hände in meine, um sie zu beruhigen.

»Wer, glaubst du, hat diesen Brief geschrieben, Tante Paula?«

»Es ist die Handschrift deiner Mutter. Die meiner Nichte. Da bin ich mir sicher.«

Ich sah erneut zu dem Umschlag, ohne ihn aufzuheben. Jetzt wollte ich ihn erst recht öffnen.

»Du weißt aber schon, dass ich den Brief jetzt nur noch dringender lesen will, oder?«

»Ja, Liebes, das weiß ich.« Tante Paula zwang sich zu einem Lächeln. »Wenn ich du wäre, würde ich auch wissen wollen, was darin steht.«

Ich ließ die Hände meiner Tante los, nahm den Umschlag und riss vorsichtig die Lasche auf, um den Brief im Innern nicht zu beschädigen.

Kapitel 6

Liebe Amanda,

wenn du diesen Brief liest, kann das nur eines bedeuten: Du wirst heute zwölf Jahre alt. Es kann auch bedeuten, dass weder dein Vater noch ich diesen Moment mit dir verbringen. Die Wahrscheinlichkeit, dass wir noch leben, geht gegen null, aber ich vermute, das hast du dir bereits gedacht.

Ich schreibe dir diesen Brief, kurz nachdem ich zum allerersten Mal dein wunderschönes Gesicht gesehen habe. Du bist erst vor wenigen Stunden zur Welt gekommen und es war die schlimmste Nacht meines Lebens. Aber das war es wert. Dein Vater und ich wissen, dass unsere Tage gezählt sind und dass wir dich beschützen müssen – nicht nur, weil du unsere Tochter bist und wir dich lieben, sondern weil du außerdem die letzte Nachfahrin unserer Familie bist. Die letzte Black.

Wenn Tante Paula unsere Anweisungen befolgt hat (und ich hoffe, dass sie das getan hat), lebst du jetzt bei ihr. Sie hat sich all die

Jahre um dich gekümmert und deine Herkunft geheim gehalten. Sei deiner Tante bitte nicht böse, wir haben sie darum gebeten. Wir wussten immer, dass es so weit kommen könnte, und nun ist es soweit. Sie sind uns dicht auf den Fersen, aber du sollst wissen, dass wir dich lieben und dich sehr gern selbst hätten aufwachsen sehen.

Es kann sein, dass du in den letzten Tagen angefangen hast, einige Veränderungen an dir wahrzunehmen. Und ich rede nicht von den normalen Veränderungen, die ein Mädchen durchläuft, wenn es älter wird. Nein, ich rede von weitaus ... besondereren Veränderungen. Sie sind Teil deines Erbes. Aber was ist dein Erbe?, fragst du dich bestimmt. Das musst du selbst herausfinden, und zwar in der Villa Black, deinem Elternhaus, das nun dir gehört. Dort befindet sich alles, was du brauchst, um zu erkennen, wer du wirklich bist.

Wenn du dein Erbe annehmen willst, wende dich mit Tante Paula an unseren Notar, Herrn Longboom. Er wird euch die Schlüssel der Villa übergeben und sich um den Papierkram kümmern, den diese Erbschaft mit sich bringt. Bereits morgen könnt ihr in die Villa umziehen, wenn ihr wollt.

Es fällt mir sehr schwer, diesen Brief zu beenden, Amanda, aber die Zeit läuft uns davon. Hör auf deine Tante und vertrau ihr, immer. Was auch passieren mag, sie wird dich beschützen.

In Liebe,
Mama und Papa

Kapitel 7

Ich hatte so viele Fragen im Kopf, dass ich nicht recht wusste, welche ich zuerst stellen sollte. Tante Paula hatte eine Hand auf meine Schulter gelegt. Ich gab ihr den Brief und sie las ihn leise. Tränen sammelten sich in ihren Augen, und ich konnte nichts anderes tun, als ihr tröstend – zumindest hoffte ich das – den Arm zu tätscheln.

Es musste sehr schmerzhaft für sie sein, die Worte meiner Mutter zu lesen. Meine Großeltern waren gestorben, als meine Mutter noch ganz klein war, und Tante Paula, die jüngste Schwester meine Großmutter, hatte sich um das Waisenkind gekümmert. Jahre später war aus diesem Waisenkind selbst eine Mutter geworden, die dann starb – beziehungsweise die nach dem, was in diesem Brief stand, ermordet worden war –, weshalb Tante Paula sich auch um deren Tochter, also um mich, kümmern musste.

Tante Paula wischte sich die Tränen weg und sah mich an.

»Du hast wahrscheinlich sehr viele Fragen, Amanda«, sagte sie. »Ich werde versuchen, dir die zu beantworten, die ich beantworten kann. Aber du hast gelesen, was deine Mutter geschrieben hat. Ich fürchte, es gibt Dinge, die du selbst herausfinden musst.«

Ich überlegte einen Moment. Die erste Frage war für sie am schmerzhaftesten, doch ich musste die Antwort wissen.

»Wie sind sie wirklich gestorben?«, fragte ich heiser. »Du hast mir erzählt, es wäre ein Autounfall gewesen.«

»Es war ein Unfall, aber kein Autounfall. Sie saßen im Flugzeug nach Peking. Sie dachten, sie könnten sich dort verstecken, dass man sie dort nicht finden würde. Sie verschwanden, als sie gerade den Himalaya überquerten. Ich habe sehr lange nach ihnen gesucht, aber ihre Leichen wurden nie gefunden. Was ich jedoch herausgefunden habe, ist, dass ihr Flugzeug sabotiert wurde.«

»Von wem?«

»Das ist etwas, das du selbst herausfinden musst«, erwiderte sie rätselhaft.

Selbst herausfinden!? Ich verstand wirklich nicht, warum Tante Paula es mir nicht sagen konnte, wenn sie doch schon alles darüber wusste – zumindest fast alles. Na gut, ich verstand tatsächlich noch viel mehr Dinge nicht – zum Beispiel das mit den Veränderungen, die ich an mir bemerken sollte, oder warum ich mein Erbe erst zwölf Jahre später erhielt, oder warum wir in einer Schuhschachtel wohnten, wenn es irgendwo eine Villa auf meinen Namen gab … Letztlich waren es alles kleine Details, auf die ich keine Antwort hatte, doch im Moment hatte ich noch dringendere Fragen an Paula.

»Aber wenn du weißt, wer das Flugzeug meiner Eltern sabotiert hat, warum hast du die Person nicht angezeigt?«

»Weil sie dich dann gefunden hätten, und das Wichtigste war es, dich zu beschützen. Zumindest bis du gewappnet bist.«

»Gewappnet wofür?«

»Das ist auch etwas, das du selbst herausfinden musst.« Tante Paula machte eine lange Pause, fasste sich an die Schläfen und rieb mehrmals darüber, ehe sie ein Seufzen ausstieß. »Hör mal, Amanda«, sagte sie schließlich, »deine Mutter hatte keine Wahl. Und das war meine Schuld. Ich habe sie darin ausgebildet, der Familientradition zu folgen. Ich habe sie zu dem Menschen gemacht, der sie meiner Meinung nach bestimmt war zu sein. Aber ich habe nicht vor, diesen Fehler ein zweites Mal zu machen. So, wie ich es sehe, können wir diesen Brief auch einfach wieder vergessen und unser Leben genauso weiterführen wie bisher.«

»Oder?«, hakte ich nach, als mir klar wurde, dass Tante Paula nicht weitersprechen würde.

»Oder wir gehen morgen zum Notar und du nimmst dein Erbe an, genau wie deine Mutter es in ihrem Brief geschrieben hat«, gab Tante Paula widerwillig zurück. Irgendetwas sagte mir, dass ihr die erste Option lieber wäre. »Auf jeden Fall ist es deine Entscheidung.«

»Mir gefällt die Vorstellung, in einer Villa zu wohnen.« Ich zuckte mit den Schultern.

»Dein Erbe ist nicht nur diese Villa. Ab dem Moment, in dem du einen Fuß in dieses Haus setzt, ist dein Leben in Gefahr. Und das Einzige, was ich dann noch tun kann, um dir zu helfen, ist, dich auszubilden. Alles andere musst du selbst herausfinden. Ah! Und du wirst die Schule wechseln müssen, denn die Villa befindet sich auf dem Hügel im Norden der Stadt. Das ist zu weit weg von deiner jetzigen Schule.«

Das war kein Problem für mich. Ich hatte nicht viele Freunde. Ein Neuanfang musste nicht unbedingt etwas Schlechtes sein, vor allem wenn er bedeutete, dieses ranzige Loch zu verlassen und stattdessen in einer Villa zu leben.

»Du willst mich ausbilden? Wofür?«

»Das wirst du erfahren, wenn es so weit ist«, erwiderte Tante Paula. Eins war klar, sie hatte nicht die geringste Absicht, mir mehr Informationen als unbedingt nötig zu geben.

»Ich glaube, ich habe eine Entscheidung getroffen, Tante Paula«, sagte ich, nachdem ich eine Weile überlegt hatte.

Ich war aufgeregt. Und sehr viel nervöser als vor einem wichtigen Test. Aber es gab Entscheidungen, die einem – wenn ich mich hier so umsah – nicht besonders schwerfielen. Die zwei Wörter »Villa Black« hatten viel zu viel Macht, um sie einfach zu ignorieren. Außerdem wollte ich wissen, was mit meinen Eltern passiert war und wer ich wirklich war. Am nächsten Tag würden wir also zum Notar gehen.

Kapitel 8

Noch am Nachmittag des nächsten Tages kehrten wir in die Wohnung zurück, um unsere Sachen zu packen und die ausstehende Miete zu zahlen. Zusammen mit dem Schlüssel zur Villa Black hatte uns der Notar auch etwas Geld überreicht. Sobald wir unsere Schulden beim Vermieter bezahlt hatten, war nicht mehr viel davon übrig. Aber wen juckte es, wir hatten jetzt eine Villa! Und ich würde ein eigenes Zimmer bekommen.

Ich sammelte meine wenigen Habseligkeiten zusammen. Um nichts zu verlieren, packte ich sie in eine leere Zwiebelkiste, die immer noch nach Zwiebeln roch, und verabschiedete mich dann von dem Ort, der in den letzten Jahren mein Zuhause gewesen war.

»Adiós, Drecksloch.«

Tante Paula musste bei meinen schonungslos ehrlichen Abschiedsworten lachen. Sie selbst hatte nur einen kleinen Koffer. Wir besaßen beide nicht besonders viel – und was wir vor allem nicht besaßen, war Bedauern darüber, diese Wohnung und dieses Viertel zu verlassen. Mir kam die ganze Sache mit der Villa wie ein einziges großes Abenteuer vor, auch wenn Tante Paula sich immer noch Sorgen darüber machte, wie sich unser Leben von nun an verändern würde.

»Ich mache mir Sorgen, Amanda«, sagte Tante Paula, während sie die Tür hinter sich zuschlug und damit diese Sardinenbüchse, die nicht länger unser Zuhause war, endgültig zurückließ. »Das alles ist gefährlich. Die Menschen, die es auf deine Eltern abgesehen hatten, werden jetzt auch hinter dir her sein.«

»Aber wer sind diese Menschen? Du sagst immer nur, wie gefährlich es wird, aber mehr sagst du mir nicht.«

»Weil ich es nicht kann, mein Kind!«, rief Tante Paula frustriert. »Das ist Teil deiner Ausbildung. Es werden einige sehr harte Wochen auf dich zukommen, das kann ich dir schon mal sagen. Und ich werde es nicht tolerieren, dass deine Schulnoten sich deswegen verschlechtern. Verstanden?«

Wir verließen das Gebäude und fuhren zu unserem neuen Zuhause. Mit der Straßenbahn. Wir hatten nicht mehr genug Geld für ein Taxi. Wir mussten mehrmals umsteigen, und wir brauchten fast drei Stunden, um das andere Ende der Stadt zu erreichen.

Die Straßenbahn brachte uns bis etwa zwei Kilometer vor die Grundstücksgrenze der Villa Black. Dafür, dass es das Haus von reichen Leuten war, war es nicht besonders gut angebunden. Andererseits war das auch irgendwie logisch, schließlich mussten reiche Leute ja nicht mit der Straßenbahn fahren.

Nach einem langen Fußweg erreichten wir das doppelflügelige Eingangstor, hinter dem die Villa Black lag. Es war riesig. Zwei Steinsäulen flankierten den Durchgang zum Grundstück, das von dicken, hohen, mit metallenen Spitzen gekrönten Steinmauern umgeben war. Die Tore selbst bestanden aus schmiedeeisernen Stangen. Im oberen Teil der Tore wanden sich zwischen den Stangen zusätzlich weitere Ornamente aus dicken Eisenstangen. Aus der Nähe konnte man es nicht mehr erkennen, doch als wir darauf zugelaufen waren, war uns aufgefallen, dass diese dicken Eisenstangen ein V und ein B für »Villa Black« formten.

Wir probierten alle Schlüssel vom Schlüsselbund durch, den wir vom Notar bekommen hatten.

Es dauerte nicht lange, bis uns klar wurde, dass keiner der Schlüssel dieses Tor öffnen würde.

Das fing ja echt gut an.

»Was machen wir jetzt?«, fragte ich und betrachtete zwischen den Eisenstangen hindurch das dahinterliegende Grund-

stück. In der Ferne konnte ich das Dach der Villa erkennen – es war schwarz –, und vor uns befand sich ein Kiesweg, der zu beiden Seiten von Bäumen gesäumt wurde. Einige von ihnen glichen knöcherigen Fingern, die sich in den Himmel reckten. Kein einziges Blatt hing mehr an ihnen, und es sah nicht einmal ansatzweise so aus, als würden je wieder welche an ihnen wachsen. »Wir müssen da rein, das ist jetzt unser Haus. Soll ich über das Tor klettern?«

»Ach, das wird nicht nötig sein«, sagte Tante Paula und ging zu einer der Steinsäulen. »Hier ist eine Gegensprechanlage.«

Tatsächlich, eine moderne Gegensprechanlage zierte die Säule wie ein Gemälde eine Wand.

Tante Paula drückte eine der vielen Tasten auf dem Eingabefeld, während ich noch versuchte, zu entscheiden, welche wohl die richtige war. Nicht eine Sekunde glaubte ich daran, dass das Tor sich öffnen würde. Offiziell stand dieses Haus schließlich seit dem Verschwinden meiner Eltern vor fast zwölf Jahren leer.

Die Torflügel öffneten sich.

»Paula«, begann ich vorsichtig, »woher wusstest du, dass hier eine Gegensprechanlage ist?«

»Oh, weil das bis vor zwölf Jahren mein Zuhause war«, antwortete sie, als wäre das offensichtlich. »Immerhin bin ich auch eine Black. Was glaubst du denn, wo ich ausgebildet wurde?«

Ich sah Tante Paula an. Die Fragezeichen mussten mir ins Gesicht geschrieben stehen. Paula jedoch zuckte nur mit den Schultern und trat mit einem Lächeln auf den Lippen durch das Tor.

»Komm, Amanda, wir müssen noch ein Stück gehen, bis wir beim Haus sind«, sagte Tante Paula und wedelte ungeduldig mit der Hand in meine Richtung.

»Wie war es, hier zu leben?«, fragte ich, ohne mich von der Stelle zu bewegen. Um ehrlich zu sein, war ich ziemlich beeindruckt von alledem und versuchte nur, etwas Zeit zu schinden, damit meine Beine aufhörten zu zittern. Sie fühlten sich an wie Gelatine, und ich war mir nicht sicher, ob ich geradeaus laufen konnte.

Tante Paula kam mit einem verträumten Lächeln zu mir zurück. »Ich war sehr glücklich in diesem Haus. Diese Villa war die schönste der ganzen Stadt … Aber seit damals ist sehr viel Zeit vergangen.« Ein Schatten legte sich plötzlich über ihre Miene, als hätte sie sich an etwas weniger Schönes erinnert, und sie murmelte, mehr zu sich selbst: »Irgendwann begannen dann die Probleme …« Tante Paula ließ den Satz unbeendet in der Luft hängen, wandte sich wieder mit einem Lächeln zu mir um und fragte: »Gehen wir?«

Meine Tante wollte das Thema wechseln, und ich kannte sie gut genug, um zu wissen, dass es in solchen Momenten unmöglich war, mehr aus ihr herauszukriegen. Egal welche Frage ich jetzt stellte, sie würde nur dazu führen, dass Tante Paula völlig abblockte. Aber ich machte mir eine gedankliche Notiz, später herauszufinden, welche Probleme das waren.

Wir gingen durch das Tor, hinter dem das Anwesen lag, das nun mir gehörte. In diesem Moment dachte ich mir nicht viel dabei, dass ich jetzt eine Villa besaß. Hätte ich allerdings gewusst, wie sehr sich mein Leben dadurch verändern würde, hätte ich vermutlich eine Art Feier veranstaltet. Oder vielleicht wäre ich auch auf dem Absatz umgekehrt und hätte die Beine in die Hand genommen.

Kapitel 9

Ich weiß nicht, was ich mir unter einer Villa vorgestellt hatte, aber sicher nicht das hier. Die Flächen um das Haus herum, die bestimmt irgendwann einmal von einer dichten und farbenprächtigen Pflanzenwelt überzogen gewesen waren, wirkten jetzt trostlos und tot. Die Bäume glichen Skeletten ohne Blätter, ohne Blüten, ohne Farbe. Man konnte Stellen ausmachen, die einst von Blumen und in lustige Formen geschnittenen Hecken übersät gewesen sein mussten. Jetzt war da nichts mehr außer vertrockneter grauer Erde und Sträuchern, die aussahen wie meine Haare kurz nach dem Aufstehen. Aber immerhin hauchten sie diesem ganzen Grau zumindest etwas Leben ein. Das alles ähnelte mehr einem Friedhof als einem Garten. Ich zog mein Handy hervor, um diesen Anblick festzuhalten. Klar, die Umgebung war eine Katastrophe, trotzdem war das einer der wichtigsten Momente in meinem Leben. Ich entsperrte den Bildschirm, aktivierte die Kamera und schoss ein paar Fotos von dem Garten – und ja, er war tot, aber es war *mein* toter Garten, und das machte mich glücklich.

Unwillkürlich fragte ich mich, wie es wohl im Inneren des imposanten Hauses aussah, das in der Ferne aufragte. Wenn ich nach dem Zustand des Gartens ging, sollte ich mir keine großen Hoffnungen machen.

Wir kamen zu einer Steintreppe, die zu einer riesigen, mit Schnitzereien verzierten zweiflügeligen Holztür führte. An den Türflügeln befanden sich metallene Türklopfer, die die Form eines Drachenkopfes hatten. Die Drachen hielten eine Kugel im Maul, und mit dieser Kugel klopfte man gegen die Tür. Auf der einen Seite der Tür gab es zusätzlich auch eine moderne Klingel.

»Warte, ich suche den Schlüssel«, sagte Tante Paula.

Ich bin niemand, der gern wartet, und seit ich die Drachenköpfe gesehen hatte, hatte ich das Verlangen, sie zu benutzen.

POCH, POCH, POCH, POCH, POCH, POCH.

Der dumpfe Ton hallte über das ganze Gelände. Einige Raben flogen krächzend von einer Baumgruppe auf, die sich rechts von uns befand. Tante Paula sah mich irritiert an.

»Tut mir leid, ich konnte nicht widerstehen«, sagte ich und zuckte mit den Schultern.

Sie stieß die Luft durch die Nase aus und verdrehte die Augen. Danach suchte sie den Schlüsselbund in ihrer Tasche.

Sie hatte ihn gerade gefunden, als eine der Türen mit einem Quietschen aufging.

Ich lugte ins Innere, es war stockdunkel.

Niemand war zu sehen.

Ich hatte keine Ahnung, was hier passierte. Fehlte nur noch, dass es in dieser Villa Geister gab. Bei diesem Garten hätte mich das allerdings nicht wirklich überrascht.

Tante Paula und ich tauschten einen Blick. Während sie ruhig wirkte, vermutete ich auf meinem Gesicht eine Mischung aus Entsetzen und Überraschung.

»Komm schon, Amanda. Das hier ist dein Haus, du solltest diejenige sein, die es als Erste betritt«, ermutigte Tante Paula mich und klopfte mir auf die Schulter.

Ich stemmte die Füße in den Boden. Irgendwer hatte diese Tür geöffnet, und ich hatte nicht die geringste Ahnung, wer das gewesen sein könnte. Wenn meine Tante glaubte, ich würde als Erste da reingehen, dann irrte sie sich aber gewaltig.

»Nein, Paula, geh du zuerst. Schließlich hast du hier mal gelebt und …« Mir fiel kein guter Grund ein. »Ja, also, jedenfalls, geh du zuerst.«

Tante Paula trat in das Halbdunkel der Eingangshalle und machte ein paar Schritte auf die Freitreppe zu, die in den oberen Stock führte. Sie stellte den Koffer auf dem Boden ab und richtete ihre Aufmerksamkeit auf das riesige Buntglasfenster, das die Wand hinter dem Treppenabsatz zierte. Auf den Scheiben waren die Villa und der Garten in ihrem vollen Glanz abgebildet.

Ich folgte ihr langsam, während ich mich umsah. Neben ihr blieb ich stehen.

Plötzlich und ohne Vorwarnung fiel die Tür hinter uns ins Schloss.

Kapitel 10

Ich werde nicht so tun, als hätte ich mich nicht erschreckt. Denn das habe ich, sehr sogar. Mit einem Satz war ich auf dem Treppenabsatz in Kampfposition. Ich habe keine Ahnung, wie ich das gemacht habe, es waren immerhin mindestens sechzehn Stufen bis dorthin.

Mit dem Zufallen der Tür war auch der Eingangsbereich wieder in beinahe völlige Dunkelheit gestürzt worden. Es dauerte jedoch nicht lange, bis meine Augen sich an das schwache Licht gewöhnt hatten – an das wenige Tageslicht, das nun nur noch durch das bunte Fensterglas hereinfiel.

Direkt neben der Tür entdeckte ich eine Gestalt. Ein Schauder lief mir den Rücken hinunter. Die Gestalt war viel zu groß und dürr, um ein Mensch zu sein.

Tante Paula näherte sich ihr trotzdem.

»Benson! Wie schön, Sie zu sehen!«, rief sie, während sie auf die fremde Person zuging. »Ich hätte nicht gedacht, dass

Sie hier sein würden. Aber als die Eingangstür aufging, hatte ich fast schon damit gerechnet.«

»Es ist mir eine Freude, Sie wiederzusehen«, sagte die Gestalt mit überaus vornehmer Stimme. »Und Sie, junge Dame, sind bestimmt Amanda Black.«

Ich blieb, wo ich war. Denn ich verstand nicht wirklich, was hier gerade passierte und wer dieser Benson war. Obwohl, irgendetwas an ihm kam mir bekannt vor. Langsam stieg ich die Stufen wieder hinunter, während ich überlegte, was ich sagen sollte.

Tante Paula trat an die dicken granatapfelroten Samtvorhänge heran, mit denen die großen Fenster verhangen waren, und zog sie beiseite, um das Tageslicht hereinzulassen. Als Paula den ersten Vorhang zur Seite geschoben hatte, fiel das Licht ganz kurz auf den unteren Teil von Bensons Gesicht.

Und da erkannte ich ihn.

»Sie sind der Bote!«, rief ich, während ich auf ihn zurannte. »Sie haben mir den Brief von meinen Eltern gegeben!«

»Ich glaube, Sie verwechseln mich mit jemandem, meine Liebe. Ich bin lediglich der alte Benson.« Er neigte den Kopf und lächelte vielsagend. »Der Butler der Familie Black und daher nun entsprechend Ihr Butler.«

Ich starrte ihn an, als wäre er ein Alien.

»Komm, Amanda, du bist sicher müde, es war ein langer,

sehr emotionaler Tag«, sagte Tante Paula und kam zu mir. »Du solltest auf dein Zimmer gehen und auspacken.«

»Aber ich will mir das Haus ansehen!«, beschwerte ich mich und sah mich um.

Es war das erste Mal, dass ich in einer Villa war. Oder vielleicht sollte ich sagen, es war das erste Mal, dass ich in MEINER Villa war. Jetzt, wo ich sie von innen sah, hatten die Begeisterung und die Aufregung von meinem ganzen Körper Besitz ergriffen. Ich verlagerte mein Gewicht von einem Bein aufs andere und versuchte, mich zurückzuhalten. Ich hatte unglaublich große Lust, mir alles anzuschauen und jede noch so kleine Ecke und Nische zu erkunden. Ich reckte den Hals, um zumindest das zu sehen, was sich neben der Eingangshalle befand.

Was ich erkennen konnte, war nicht gerade vielversprechend. Von meiner Position aus konnte ich hinter einem großen Bogengang eine Art Wohnzimmer ausmachen, in dem sämtliche Möbel von verstaubten Leintüchern verhangen waren. Sie sahen aus wie Geister. An der Decke befanden sich unzählige Wasserflecken, die sich dekorativ über die gesamte Fläche des Raums ausbreiteten, sich wie Schlingpflanzen an den Wänden entlang bis zum Boden schlängelten, wo die Holzdielen verfaulten und sich nach oben bogen. Die Tapete, die mit grünen und violetten Blüten verziert war, war stellenweise vergilbt oder ganz abgeblättert.

Im Grunde war dieses Haus, dessen Eingangshalle mir so prachtvoll erschienen war, noch heruntergekommener als gedacht.

Mit schleppenden Schritten stieg ich die Stufen in den ersten Stock hinauf und öffnete die erste Tür, die ich fand. Was mich dahinter erwartete, war allerdings gar nicht mal so schlecht. Ein riesiges Himmelbett aus Holz nahm fast den ganzen Raum ein, auf einer Seite davon stand ein Schrank mit aufwendig geschnitzten Türen, auf der anderen Seite ein Tisch mit Spiegel, an dem ich gut meine Hausaufgaben machen konnte. Auch wenn ich natürlich wusste, dass das ein Schminktisch war. Ein Ort, an dem man sich schminken, frisieren und Cremes ins Gesicht kleistern konnte; Dinge, die ich nicht tat. Also, außer mich zu frisieren. Und das auch nur ab und zu.

Ich fing an, meinen Koffer auszupacken – oder besser gesagt, ich fing an, die Zwiebelkiste, die immer noch nach Zwiebeln roch und in der ich meine Habseligkeiten aufbewahrte, auszuräumen. Ich hatte gerade angefangen, mich einzurichten, als es an der Tür klopfte.

POCH, POCH, POCH.

»Darf ich?«, fragte Tante Paula durch das dicke Holz.

»Klar, komm rein.«

Tante Paula öffnete die Tür und sah sich um, dann trat ein verschmitztes Grinsen auf ihre Lippen. »Dieses Zimmer ist nicht übel, aber es gibt ein anderes, das dir noch viel besser gefallen würde.«

»Paula, es ist doch egal, welches ich nehme«, murmelte ich. »Jedes ist deutlich größer als die Sardinenbüchse, in der wir gelebt …«

»Sei nicht albern, Amanda«, unterbrach sie mich. Dabei klang sie immer noch freundlich. »Nimm deine Sachen und komm mit. Tu einfach ein Mal in deinem Leben etwas, ohne zu widersprechen.«

Ich räumte meine Sachen wieder in die Zwiebelkiste, die immer noch nach Zwiebeln roch, und folgte Tante Paula.

Sie führte mich eine ganze Weile durch diverse Gänge und Treppen rauf und runter – und bereits zwei Sekunden, nachdem wir das Zimmer verlassen hatten, hatte ich keine Ahnung mehr, wo wir waren. Ich brauchte definitiv eine Karte, um mein Zimmer wiederzufinden.

»Am Anfang wirst du dir vermutlich eine Karte zeichnen müssen, um dein Zimmer wiederzufinden«, sagte Tante Paula. »Aber keine Sorge, schon bald kennst du jeden Winkel dieser Villa … Und davon gibt es nicht gerade wenige.«

Schließlich kamen wir bei meinem zukünftigen Zimmer

an. Meinem Reich. Was ich auf dem Weg dorthin gesehen hatte, hatte gereicht, um mir klarzumachen, in was für einem furchtbaren Zustand das Haus war. Die Außenfassade war beeindruckend und gut erhalten, aber das Innere war eine Katastrophe, die sich nur schlecht verbergen ließ: undichte Stellen, verbogene Dielenbretter, abbröckelnde Farbe, abblätternde Tapeten ... Ein Desaster in vier Wänden.

Doch das Haus war immer noch besser als die Wohnung, aus der wir kamen. Und es gehörte mir! Niemand konnte mich je wieder rauswerfen. Gut möglich, dass wir von den Trümmern begraben wurden und starben, wenn das Gebäude in sich zusammenfiel – was dem Anschein nach nicht mehr allzu lange dauern würde. Aber das war mir ziemlich egal.

Tante Paula drehte sich zu mir um und musterte mich mit hochgezogenen Augenbrauen. »Bist du bereit für dein neues Schlafzimmer?«, fragte sie und legte die Hand auf den Türknauf von einem der zwei Türflügel, die – ihrer Stimme nach zu urteilen – zu nichts Geringerem als dem Paradies führten.

»Klar, los.«

Tante Paula öffnete die Tür und schon nach einem kurzen Blick musste ich ihr recht geben.

DAS DA WAR DAS GENIALSTE ZIMMER AUF DER GANZEN WELT.

Genau wie in dem Zimmer, das ich vorhin ausgewählt hatte,

stand auch hier ein Himmelbett, nur dass das hier aus einem hellen, fast weißen Holz mit blauen Maserungen war. Der Baldachin war aus blauer Seide und hing über die Ecken der Holzsäulen, die aussahen wie geschnitzte Blätterranken. Die Wand, die an das Kopfteil grenzte, zierte eine weiße Tapete mit blau bis violetten Farbtupfern, die am oberen Ende in einen Drachen mit violetten Schuppen übergingen. Zwei der drei übrigen Wände hatten weiße Holzpaneele, und die dritte war nicht einmal eine richtige Wand, sondern ein halbrundes Fenster, das zu einer wunderschönen Terrasse mit Steinfliesen und Steinbrüstung führte. Vorhänge in der gleichen blauen Seide wie der Baldachin des Himmelbetts hingen zu beiden Seiten des Fensters.

Außerdem gab es in diesem Zimmer einen riesigen Schrank, einen Schreibtisch mit einem modernen Computer und ein raumhohes Regal voller Bücher – es waren mehr Bücher, als ich je gesehen hatte. Das Regal besaß sogar eine Schiene am oberen Rand, in die eine Holzleiter eingehängt war, damit man auch die Bücher ganz oben erreichen konnte. Vervollständigt wurde das Zimmer von einem Kamin, vor dem zwei kleine Sessel standen, einer blau und der andere violett. Das Feuer, das bereits brannte, hatte das Zimmer schon aufgewärmt, sodass die Temperatur perfekt war. Rechts von dem Kamin befand sich eine weitere Tür, also ging ich darauf zu und öffnete sie. Ein Bad. In meinem Zimmer. Mit Badewanne, Dusche, Waschbecken, Klo und was es sonst noch so in einem Bad gibt. Alles für mich allein.

Japp, das hier war eindeutig das Paradies. Ich musste also tot sein.

Ich zog erneut mein Handy aus der hinteren Hosentasche, um Fotos von diesem absolut genialen Zimmer zu machen.

»Gefällt es dir?« Die Stimme meiner Tante riss mich aus meiner Begeisterung.

»Ja, das hier ist das schönste Zimmer im ganzen Universum … Zumindest kommt es mir so vor.«

»Benson hat es für dich eingerichtet und dekoriert. Nach meinen Anweisungen natürlich. Bensons Geschmack ist etwas … antiquiert.« Das letzte Worte sagte sie mit einem rätselhaften Unterton.

»Aber woher hat er das Geld für das alles genommen?«, fragte ich und machte eine Geste mit der Hand, die das ganze Zimmer umfasste. »Der Rest des Hauses fällt fast in sich zusammen.«

»Nun ja, dieses Haus hat viele Geheimnisse. Aber es stimmt schon, dass wir ein wenig Arbeit investieren müssen, um dieser Villa wieder zu ihrem alten Glanz zu verhelfen …«

»Ein wenig?«, fragte ich. »Das ist nett ausgedrückt.«

»Ja, gut, wir werden viel Arbeit investieren müssen, mein

Kind. Doch wir haben alle Zeit der Welt … Dieses Haus gehört jetzt dir, und du musst alle seine Geheimnisse aufdecken. Tatsächlich beginnt deine Ausbildung in genau diesem Zimmer. Hier findest du den ersten Hinweis, dem du folgen musst, um weiterzukommen.«

»Meine Ausbildung wozu? Einen Hinweis worauf?«

»Das ist der erste Schritt: herauszufinden, wozu du ausgebildet wirst. Allerdings hattest du heute schon genug Aufregung, ruh dich also zunächst ein wenig aus. Um halb acht gibt es Abendessen. Sei bitte pünktlich, oder du musst ohne ins Bett.«

»Wo? Wo muss ich dafür hingehen? Und wie finde ich dorthin, ohne mich zu verlaufen?«

»Auch das ist Teil deiner Ausbildung: das Haus zu erkunden und zu lernen, wie du dich darin bewegst, ohne dass jemand deine Anwesenheit bemerkt.«

»Mit jemand meinst du vermutlich Benson und dich.«

»Ich glaube nicht, dass sonst noch jemand in der Villa Black ist. Trotzdem wirst du schon bald feststellen, dass es nicht so einfach ist, uns hinters Licht zu führen. Denk daran, dass wir deine Ausbilder sind, dass das alles einem Zweck dient. Ah, die hier wirst du ab jetzt brauchen, du solltest also verstehen, wie sie funktioniert.« Tante Paula reichte mir eine runde metallene Box.

Ich öffnete die Box, auch wenn ich nicht recht wusste, was ich erwarten sollte. Auf einem kleinen marineblauen Samtkissen – das genauso rund war wie die Box – lag eine Uhr. Das Ziffernblatt zeigte die Zeit und noch ganz viele andere Informationen, dir mir absolut nichts sagten. An der Seite gab es mehr Knöpfe als im Cockpit eines Flugzeugs.

»Und wie soll ich herausfinden, wie die funktioniert? Stimmt die Uhrzeit?«

»Ja, die Uhrzeit stimmt«, erwiderte Tante Paula mit einem Schnauben und nahm mir die Box aus der Hand. »Und um herauszufinden, wie sie funktioniert, musst du nur die Anleitung lesen.«

Sie hob das Samtkissen an und zeigte mir, was darunterlag: ein dickes Büchlein, auf dem vorne drauf »Anleitung« stand, und ein Ladekabel.

Tante Paula gab mir die Box zurück, ging zur Tür und schloss sie hinter sich.

Ich blätterte flüchtig durch das kleine Buch und hielt mich nur wenige Sekunden beim Inhaltsverzeichnis auf: Gerät einrichten, Kalender, Notizen, Zeitzonen, Aufzeichnung unbekannter Orte, Kommunikation … Es würde mich einiges an Zeit kosten, bis ich alle Funktionen dieses Teils beherrschte.

Obwohl es gerade mal mein erster Tag im neuen Haus war, hatte mir Tante Paula schon drei Aufgaben gegeben: den Hinweis in meinem Zimmer suchen, die Anleitung lesen, um diese komplizierte Uhr bedienen zu können, und den Weg in den Speisesaal finden.

Ich musste also Prioritäten setzen.

Mir blieb nur noch eine Stunde bis zum Abendessen und mein Magen knurrte wie ein alter Hund.

Ich band die Uhr um mein Handgelenk, verschob das mit dem Lesen der Anleitung auf später und ging auf den Gang hinaus.

Kapitel 11

Zum Speisesaal zu gelangen, war einfacher als gedacht. Ich musste nur eine Treppe finden, die nach unten führte, auch wenn die Suche danach all meinen Scharfsinn und mein ganzes Geschick erforderte.

Nachdem ich mein Zimmer verlassen hatte, streifte ich erst einmal orientierungslos durch die Gänge der Villa. Allerdings dauerte es nicht lange, bis ich Schritte in meinem Rücken hörte. Ich sah über die Schulter zurück. Die Schritte näherten sich, gleich würde jemand um die Ecke kommen, an der ich gerade abgebogen war.

Tante Paula hatte gemeint, dass mich niemand sehen oder hören durfte, weshalb ich das Einzige tat, was ich tun konnte: Ich versteckte mich in einem der Zimmer zu meiner Rechten. Benson ging vorbei, ohne zu bemerken, dass er nicht allein war, und ich beschloss, ihm zu folgen. Früher oder später musste er schließlich nach unten gehen, um das Abendessen vorzubereiten. Ich musste also nur leise sein und unentdeckt bleiben.

Der erste Teil davon war einfach, der zweite nicht.

Dieser verfluchte Benson schien ein unglaublich feines Gehör zu haben. Alle paar Meter blieb er mitten im Gang stehen und blickte über die Schulter zurück, als hätte er etwas gehört, ehe er seinen Weg fortsetzte.

Ich war mir ganz sicher, dass ich kein Geräusch machte, aber das half mir nicht im Geringsten; ich musste mich trotzdem jedes Mal verstecken, wenn er stehen blieb. Einmal hinter einer Vase, einmal unter einem Tisch, ein anderes Mal in einer Ecke … Einmal musste ich sogar einen senkrechten Sprung nach oben machen und mich an der Deckenvertäfelung festklammern. Ich habe immer noch keine Ahnung, wie ich das gemacht habe, aber so konnte mich Benson nicht sehen, als er sich umdrehte. Zum Glück hat er nicht nach oben geschaut, ansonsten hätte ich kein Abendessen bekommen.

Wir erreichten die Freitreppe. Von dort aus fand ich allein zum Speisesaal. Sobald Benson die Stufen nach unten verschwunden war, lief ich weiter über die Galerie und öffnete jede einzelne Tür, an der ich vorbeikam. Hinter fast jeder befand sich ein Zimmer mit verhangenen Möbeln. Hinter jeder bis auf einer. Ich betrat den Raum, der dem Anschein nach eine Bibliothek sein musste (was ich daran festmachte, dass die Wände vom Boden bis zur Decke mit Bücherregalen bedeckt waren – es soll also niemand behaupten, ich hätte keine gute Beobachtungsgabe).

Der Raum hatte seinen alten Glanz bewahrt, es gab hier nicht einmal ein Fitzelchen Staub. Ich ging auf den Kamin zu, auf dessen Sims mehrere Fotos standen. Ich nahm den ersten Bilderrahmen und hielt ihn mir näher an die Augen. Dieses Foto hatte mehr Jahre hinter sich als ein ganzer Wald. Darauf abgebildet war eine Gruppe Menschen in sehr alter Kleidung, die im Garten der Villa Black in die Kamera lächelten. Das Foto war schwarz-weiß und man konnte die Gesichter kaum voneinander unterscheiden. Ich heftete meinen Blick auf eine Person in der zweiten Reihe ... Sie sah aus wie Benson, gleich groß, gleich dürr, sie trug sogar den gleichen Anzug wie der Butler ... Sein Gesicht konnte ich nicht gut genug erkennen, doch ich hätte schwören können, dass er es war. Allerdings musste dieses Foto mindestens hundert Jahre alt sein. Das war echt alles ziemlich merkwürdig.

Sich nähernde Schritte draußen vor der Bibliothek zwangen mich dazu, das Foto wieder zurückzustellen und mir ein Versteck zu suchen.

Sobald die Schritte sich wieder entfernt hatten, verließ ich die Bibliothek, nahm mir aber fest vor, später noch mal herzukommen.

Ich erreichte den Speisesaal fünf Minuten früher, als ich hätte dort sein müssen. Und ich muss zugeben, dass ich deswegen so stolz war, dass mir dieses Gefühl beinahe aus allen Poren zu dringen schien.

»Guten Abend, Liebes«, begrüßte mich Tante Paula. »Hast du den Weg gut gefunden? Benson hat mir verraten, dass du ihn durch das ganze Haus verfolgt hast.«

Der Stolz, der mich vor wenigen Sekunden noch erfüllt hatte, wich so schlagartig aus mir wie die Luft aus einem zerplatzenden Luftballon und hinterließ ein Gefühl von Enttäuschung und Versagen.

»Ach, komm schon, Amanda! Ich habe dir doch gesagt, dass es nicht einfach sein wird, uns hinters Licht zu führen.«

»Aber wie hat er mich bemerkt?«, fragte ich mürrisch. »Ich war doch so vorsichtig!«

»Ihre Schuhe, junge Dame«, erklärte Benson, der gerade mit einer großen Suppenschüssel den Speisesaal betrat. »Ihre Schuhe haben Sie verraten. Ich konnte die Spuren sehen, die Sie hinterlassen haben. Morgen werde ich die Deckenbalken säubern müssen, damit sie nicht kaputtgehen. Aber Ihr Sprung war in der Tat spektakulär.«

Ich starrte ihn mit großen – vermutlich tellergroßen – Augen an und wusste nicht, was ich darauf erwidern sollte.

»Mach dir keine Sorgen, Liebes, du wirst noch früh genug

lernen, dich unbemerkt durch das Haus zu bewegen«, sagte Tante Paula und tätschelte meinen Arm.

Nach dem Abendessen ging ich wieder zurück in mein Zimmer. Es dauerte ein wenig, aber ich bekam langsam raus, welche Gänge und Treppen ich nehmen musste, um in den ersten Stock zu gelangen. Ich versuchte, noch einmal zu der Bibliothek zurückzukehren, die ich vor dem Abendessen entdeckt hatte. Doch ich fand sie nirgends. Von der Freitreppe aus nahm ich denselben Weg wie zuvor, ich kam zur richtigen Tür, und als ich sie öffnete, war dahinter auch die Bibliothek. Aber sie sah jetzt ganz anders aus. Alles war von Staub bedeckt und über dem Kamin befanden sich keine alten Fotos. In diesem Haus ging etwas sehr Seltsames vor sich, und ich war mir sicher, dass Benson etwas damit zu tun hatte. Ich nahm mir vor, mehr darüber herauszufinden, sobald ich ein wenig mehr Zeit hatte. Aber jetzt musste ich die Sachen für den nächsten Tag vorbereiten.

Ich war ziemlich nervös: Es war mein erster Tag auf der neuen Schule. Auf einer Schule, in der ich niemanden kannte. Mit meinem funkelnagelneuen Computer googelte ich den Namen der Schule, doch ich konnte nicht viel über die Schülerinnen und Schüler herausfinden. Nur, dass die Mehrheit aus wohlhabenden Familien stammte – zumindest den Jahrgangsfotos nach zu urteilen.

Da ich nicht schlafen konnte, machte ich mich auf die Suche nach dem Hinweis, der in meinem Zimmer versteckt sein sollte. Ich wusste nicht genau, wonach ich suchte, aber ich hatte genügend Spionagefilme gesehen, um zu wissen, dass ich alles untersuchen musste, was es in diesem Raum gab. Ich brauchte mehrere Stunden, um die Bücher, Kerzenleuchter, Bilder, Stuhlbeine und Dielenbretter abzutasten. Schließlich entdeckte ich in einem der Bilderrahmen, die die Wände meines Zimmers zierten, einen kleinen verborgenen Mechanismus. Als ich ihn betätigte, schob sich ein Teil der Holzpaneele nach oben und gab den Blick auf einen dahinterliegenden Geheimgang frei. Er war eng, finster, mit einer hohen Decke – und er war mit einem riesigen Spinnennetz versehen, das wie ein klebriger und staubiger Vorhang den gesamten Eingang verdeckte.

Natürlich wagte ich mich in den Geheimgang, ohne auch nur eine Sekunde zu zögern.

Im Innern merkte ich sofort, dass es viel zu dunkel war. Ich konnte nichts sehen, und ich hatte nur das Licht meines Handys, das gerade einmal noch zwei Prozent Akku hatte. Ich untersuchte den Geheimgang, so gut es ging, und erkannte, dass von ihm weitere Geheimgänge abzweigten, links genauso wie rechts. Einige führten nach oben, andere nach unten und wieder andere keine Ahnung wohin, denn sie lagen hinter geschlossenen Türen. Ich ging den Weg zurück, den ich gekommen war, und nahm mir ganz fest vor, das alles am nächsten Tag genauer zu untersuchen, sobald ich aus der Schule zurück war.

Ich schloss den Geheimgang, indem ich auf denselben Mechanismus im Bilderrahmen drückte, mit dem ich ihn geöffnet hatte, und machte mich bettfertig. Mir war klar, dass ich nicht viel Schlaf bekommen würde, weshalb ich zum Bücherregal ging, um mir etwas zu lesen zu holen. Ich betrachtete die Buchrücken aus weichem Leder, fuhr mit den Fingern über die wertvollen Bücher und überflog ein paar der Titel. Schließlich nahm ich wahllos eines heraus.

Beim Herausziehen fiel mir etwas an der Rückwand des Regals ins Auge. Ich streckte die Hand danach aus und leuchtete mit einer Kerze in den Spalt zwischen den Büchern hinein, wobei ich sorgsam darauf achtete, nichts in Brand zu stecken. Mein Handy lag bereits zum Aufladen ans Kabel gesteckt auf dem Nachtkästchen.

Ich kniff die Augen zusammen und glaubte, einen Buchstaben zu erkennen. Ein E.

Vorsichtig, um ja nichts kaputt zu machen, zog ich mehr Bücher aus dem Regal. Nach und nach kamen weitere Buchstaben zum Vorschein. Ein D und ein I.

Vor meinen Augen bildete sich das Wort »DEIN«.

Ich verstand gar nichts mehr. Warum hatte jemand das Wort DEIN auf die Rückwand dieses Bücherregals geschrieben? Gehörte das zu dem Hinweis, von dem Tante Paula gesprochen hatte?

»Mein *was*?«

Ich wusste nicht, was ich tun sollte. Nachdenklich betrachtete ich den Rest des Regals, das bis zur Decke meines Zimmers reichte.

Standen da womöglich noch mehr Wörter hinter den Büchern?

Es gab nur einen Weg, das herauszufinden, also machte ich mich an die Arbeit.

Kapitel 12

Es dauerte mehrere Stunden, aber schließlich waren alle Bücher aus dem Regal geräumt. Ich hatte sie in derselben Reihenfolge auf dem Boden gestapelt, in der sie im Regal gestanden hatten, und sie nach Regalbrettern sortiert. Der Boden meines Zimmers sah jetzt aus wie der einer Bibliothek, durch die ein sehr ordentlicher Wirbelsturm gefegt war.

Ich schwitzte von der Anstrengung. Ich hatte aufgehört zu zählen, wie oft ich die Leiter rauf und wieder runter hatte klettern müssen, um alle Regalbretter auszuräumen. Aber auf der Rückwand jedes Zwischenraums stand tatsächlich ein Wort.

Ich wischte mir die Haare aus der Stirn und machte ein paar Schritte zurück, um die ganze Geheimbotschaft lesen zu können.

SEIN
ENDE
IST
DEIN
ANFANG

SEIN
ENDE
IST
DEIN
ANFANG

Das musste der Hinweis sein, da war ich mir sicher. Aber was bedeutete er? Das Ende wovon war mein Anfang? Und was war das für eine Zeichnung darunter?

Gedankenverloren warf ich einen Blick auf die Uhr, die mir Tante Paula geschenkt hatte.

Es war halb fünf. Ich hatte also nicht mehr viel Zeit, wenn ich noch ein bisschen schlafen und nicht wie ein Zombie in die Schule kommen wollte. Die Bücher würde ich später zurückräumen. Natürlich nur, wenn ich dazu kam. Denn ich musste ja auch noch den Geheimgang untersuchen, herausfinden, was mit der Bibliothek passiert war, und Tante Paula hatte gemeint, dass wir mit meiner Ausbildung anfangen würden. Und dann waren da noch die Hausaufgaben, die ich für die Schule machen musste.

Ich sah zu meinem Bett.

Dann zu den Büchern, die sich auf dem Boden stapelten.

Dann wieder zu meinem Bett.

Und schließlich zu dem leeren Bücherregal.

Ich rechnete aus, wie lange es dauern würde, alles wieder einzuräumen, zog die Zeit ab, die ich für die ganzen anderen Dinge brauchen würde, die ich noch machen wollte … Oder besser gesagt, die ich machen sollte.

Das Ergebnis war im Minusbereich.

Ich seufzte.

Und räumte die Bücher wieder ein.

Als ich gerade die letzten Bücher an ihren ursprünglichen Platz zurückstellte, brach die Morgendämmerung an.

Jetzt blieb mir keine Zeit mehr für Schlafen, daher ging ich ins Bad, um zu duschen und mich für meinen ersten Schultag herzurichten.

Der Vorteil daran, wenn man nicht viele Klamotten besaß, war, dass man nicht groß überlegen musste, was man anzog. Deshalb entschied ich mich für Jeans, schwarze Schuhe, ein Batman-T-Shirt und einen schwarzen Kapuzenpulli. Ich packte die Schulbücher in meinen Rucksack und ging nach unten, um mit Tante Paula zu frühstücken.

Kapitel 13

Ich stieg aus dem Bus und blieb vor der Treppe stehen, die zu den Eingangstüren der Schule führte. Eine Flut an Schülern und Schülerinnen, mehr oder weniger in meinem Alter, schob sich in den offenen Rachen des Gebäudes. Ich war in mehreren Punkten im Nachteil:

- Ich war die Neue.
- Das Schuljahr hatte schon begonnen.
- Es war mein erstes Jahr auf dem Gymnasium.
- Ich kannte niemanden.
- Den Autos und Motorrädern der älteren Jugendlichen und der Kleidung aller nach zu urteilen, war ich vermutlich die Ärmste auf der Schule. Auch wenn ich in der Villa lebte, die einst die schönste der Stadt gewesen war.

Ich war echt nervös. Ich senkte den Kopf und stieg die Stufen nach oben.

»Hallo, ich bin Eric.« Jemand trat mir in den Weg. Ich hob den Blick vom Boden. Ein Junge mit sommersprossigem und freundlichem Gesicht, das umrahmt war von einer zerzausten rothaarigen Lockenfrisur, lächelte mir entgegen. »Du bist bestimmt Amanda Black, die Neue. Rektor Phillips hat mich gebeten, dich zu begrüßen und dich an deinem ersten Schultag zu begleiten.«

»Äääh …« Mir hatte es die Sprache verschlagen, ich hatte nicht mit einem Begrüßungskomitee von der Schule gerechnet. Der Junge sah mich erwartungsvoll an. Ich war immer meganervös, wenn ich mit Fremden reden musste. Aber ich sollte besser schnell etwas sagen, wenn ich nicht wollte, dass er mich für schwer von Begriff hielt. Um ehrlich zu sein, war ich es nicht gewohnt, dass andere Menschen, und vor allem Jungs, freundlich zu mir waren, auch wenn der Rektor der Schule sie darum gebeten hatte. Unzählige Wörter wirbelten in meinem Kopf durcheinander, versuchten, nach draußen zu dringen. Aber keines von ihnen erschien mir gut genug, weshalb meine Antwort nicht besonders originell war. »Ja, richtig, ich bin Amanda …«

»Cool, dann komm mit«, unterbrach mich mein neuer Buddy. »Entfern dich nicht zu weit von mir, das wird jetzt etwas kompliziert.«

Ein Junge schob sich an Eric vorbei und rempelte ihn mit der Schulter an. Eric kratzte sich am Kopf und murmelte: »Sorry«. Er lächelte nervös. Ich sagte nichts dazu, doch es kam mir schon recht merkwürdig vor.

Eric begleitete mich bis zum Sekretariat, wo ich meinen Stundenplan und ein Vorhängeschloss für meinen Spind bekam. Danach führte er mich zu meinem Spind, der direkt neben seinem lag. Ich verstaute die Bücher, die ich nicht brauchte, ehe wir den Rundgang fortsetzten. Den ganzen Weg über hörte Eric nicht ein einzige Mal auf zu reden oder mir zu erklären, wie dieser Mikrokosmos namens Schule funktionierte. Er deutete auf die unterschiedlichen Grüppchen an Schülern und Schülerinnen und sagte:

»Die hier gehören zur Theatergruppe, dort drüben haben wir das Basketballteam, die Mädels dort hinten sind im Informatikclub ... Ich bin auch im Informatikclub. Die da vorne schreiben für die Schulzeitung ... und diese Mädels ... Na ja, die machen nicht wirklich etwas Besonderes, aber sie sind unglaublich beliebt, echt absurd ... Um ehrlich zu sein, hab ich keine Ahnung, warum sie so beliebt sind, aber was weiß denn ich schon ... Ah, wir sind da. Hier hast du deine erste Stunde.« Eric war vor einer Tür stehen geblieben und lächelte, was mich wohl dazu ermutigen sollte, einzutreten. »Ich hol dich nachher wieder ab und bring dich zu deinem nächsten Kurs.«

»Okay, danke«, murmelte ich schüchtern.

»Keine Angst, es ist immer etwas schwierig, neu auf einer Schule zu sein. Aber alles wird gut.« Eric zwinkerte mir grinsend zu, ehe er in seine Klasse ging.

Dieser Junge war mir wirklich sympathisch, auf dem Weg hierher hatte er mich ein paarmal mit seinen Kommentaren zum Lachen gebracht. Außerdem schien er schlau zu sein, und was am wichtigsten war, er schien mich auch sympathisch zu finden ... Und das war gut. Denn außer ihm kannte ich an dieser Schule niemanden, und ich war nicht gerade dafür berühmt, leicht Freunde zu finden.

Ich atmete tief durch und betrat das Klassenzimmer. Ich musterte die Schüler und Schülerinnen, die bereits da waren.

Sämtliche Gespräche verstummten, und alle Blicke richteten sich auf mich, als ich zu einem der freien Plätze in der letzten Reihe ging.

Sobald ich mich gesetzt hatte, verloren die Mädchen und Jungs das Interesse an mir und wandten sich wieder ihren vorherigen Gesprächen zu. Niemand kam zu mir, um sich vorzustellen. Ich stellte mich auch niemandem vor. Ich fühlte mich nämlich ziemlich eingeschüchtert von dem guten Aussehen meiner Mitschülerinnen und Mitschüler. Ich betrachtete die abgewetzten Ärmel meines alten Kapuzenpullis und versuchte, sie mit den Händen zu verbergen. Aber ich hätte mir keine Sorgen machen müssen. Niemand achtete auf mich, auch wenn ich ab und zu ein paar Seitenblicke bemerkte.

Der Unterricht verlief ohne nennenswerte Zwischenfälle, genauso wie die Mittagspause, die Eric – natürlich – mit mir verbrachte. Wir nutzten die Gelegenheit, um uns besser kennenzulernen. Er erzählte mir, dass er gut in Informatik und mit Technikkram war, dass sein Vater ihm alles beigebracht hatte, was er darüber wusste, dass er regelrecht dafür brannte und jeden Tag dazulernte. Er erzählte mir außerdem, dass er nicht viele Freunde hatte, weder auf der Schule noch außerhalb, was ich mir irgendwie schon gedacht hatte. Aber ich verstand nicht, wieso das so war, denn er war fröhlich und nett. Und wenn dieser freundliche, witzige, schlaue und gut aussehende Junge hier keine Freunde gefunden hatte, dann würde ich es erst recht schwer haben.

Im Laufe des Tages beobachtete ich weitere Vorfälle wie diesen Rempler, den Eric sich heute Morgen eingefangen hatte. Versteckte Beleidigungen, noch mehr Rempler, hier und da ein gestelltes Bein. Mein neuer Freund nahm alles mit einem Lächeln hin und schenkte dem Ganzen keine Aufmerksamkeit.

Mir kam es echt seltsam vor, dass er immer so tat, als wäre nichts gewesen. Aber ich wollte auch nicht die einzige Per-

SATURDA
ENCHAN
UNDER T
SEA
DANC
BE
OR BE

son, die nett zu mir war, mit neugierigen Fragen nerven. Ich mochte ihn und wollte ihn nicht abschrecken.

In diesem Moment wurde Eric erneut angerempelt und tat wieder so, als wäre nichts gewesen. Er kratzte sich nur am Kopf und stieß ein nervöses Lachen aus, während er mich entschuldigend ansah.

Erst am Ende des Schultages lief das Ganze so richtig aus dem Ruder.

Kapitel 14

Es war Freitag und Eric war zufrieden. Offenbar war es deutlich einfacher als gedacht, sich mit diesem seltsamen Mädchen anzufreunden.

Als Rektor Phillips ihn am Tag davor gebeten hatte, die neue Schülerin zu begrüßen, hatte er geschnaubt. Zumindest innerlich. Eric hatte nicht viel Freude an den Neuen, früher oder später hörten sie alle auf, sich mit ihm abzugeben, genau wie die anderen auch. Generell hatte er recht wenig Lust auf Fremde. Vor Rektor Phillips hatte er allerdings sein nettestes Lächeln aufgesetzt und ihm versichert, dass er das gern machte.

Sobald Eric nach Hause gekommen war, hatte er im Internet nach Informationen über Amanda Black gesucht, und was er dort fand, hatte seine Neugier geweckt. Sie hatten ziemlich viel gemeinsam: Sie waren gleich alt, ab dem nächsten Tag gingen sie auf dieselbe Schule und außerdem hatten sie beide einen verschwundenen Vater in ihrem Lebenslauf vorzuweisen. Nachdem

Eric sich durch verschiedene Nachrichtenseiten geklickt hatte, wusste er, dass die Leichen von Amandas Eltern nie gefunden worden waren und dass sie bei einer Großtante aufgewachsen war.

Heftig, dachte Eric, *sie hat ja einiges durchgemacht.*

Irgendetwas an ihrem Nachnamen kam ihm allerdings bekannt vor. Black. Irgendwo hatte er den schon einmal gesehen. Und er glaubte auch zu wissen, wo. Eric verließ sein Zimmer und ging auf den Dachboden. Zu seinem Geheimversteck … Oder besser gesagt zu dem Geheimversteck seines Vaters. Nur wenige Tage, nachdem sein Vater auf einer Mission verschollen war – zumindest hatte man das ihm und seiner Mutter erzählt –, waren ein paar Agenten der Regierungsbehörde, für die er arbeitete, zu ihnen nach Hause gekommen. Seine Mutter war damit einverstanden gewesen, dass sie die Computer und alle Dokumente aus dem Arbeitszimmer seines Vaters mitnahmen. Die Agenten hatten gehofft, dass sie in seinen Dateien eine Spur zu seinem Aufenthaltsort finden könnten. Sie hatten ihn aber nie gefunden und sein Vater hatte sich auch nie wieder bei seiner Frau und seinem Sohn gemeldet. Eric wollte nicht glauben, dass er tot war, doch es deutete alles darauf hin. Ansonsten hätte er seiner Familie längst mitgeteilt, dass er noch lebte. Irgendetwas musste also auf der geheimen Mission schiefgelaufen sein. Allerdings wussten weder diese Agenten noch seine Mutter, dass sein

Vater einen zweiten Computer gehabt hatte: einen Laptop, den er hinter einer falschen Wand auf dem Dachboden versteckte. Eric hatte ihn vor einigen Jahren beim Spielen entdeckt. Seit dem Verschwinden seines Vaters hatte er mehr als nur einmal auf diesem Laptop nach Hinweisen gesucht, aber nie etwas gefunden.

Bis jetzt. Vielleicht.

Eric hatte den Laptop aus dem Versteck geholt, ihn angeschaltet – das Passwort zu knacken, war nicht besonders schwierig gewesen – und in das Suchfeld den Namen »Black« eingetippt. Nur wenige Sekunden später wurde das Ergebnis angezeigt: ein einzelnes Dokument. Es handelte sich um einen alten Zeitungsausschnitt, den sein Vater eingescannt hatte. Der Artikel beinhaltete auch ein Foto, auf dem sein Vater mit einem Pärchen zu sehen war. Darunter standen klein gedruckt der Name seines Vaters und der des Ehepaares Black. Den Eltern seiner neuen Mitschülerin.

Krasse Scheiße, dachte Eric erneut, während er sich unbewusst am Kopf kratzte. *Ihre Eltern und mein Vater kannten sich.*

Wenn ihre Eltern verschwunden waren und sein Vater auch, konnte es sicher nicht schaden, sich mit ihr anzufreunden. Schließlich könnte sie etwas wissen, was ihm dabei half, seinen Vater zu finden. Eric wollte wissen, was passiert war, ob er noch lebte oder nicht. Nichts auf der Welt wünschte er sich mehr als das. Er hatte gesehen, wie der Blick seiner Mutter manchmal leer wurde, und ihm war klar, dass sie in diesen Momenten an seinen Vater dachte. Seine Eltern hatten einander so sehr geliebt. Er und seine Mutter mussten also wissen, was mit ihm passiert war.

Und das war Erics Ziel, auch wenn er sich eingestehen musste, dass Amanda ihn überrascht hatte. Auf positive Weise. Es war schön gewesen, sie zu begleiten und ihr die Schule zu zeigen, und in der Mittagspause hatte er ihr Dinge erzählt, die er sonst niemandem erzählte. Es fiel ihm leicht, mit ihr zu reden, und das heute war einer der besten Tage seit Beginn des Schuljahres gewesen.

Der Lärm, den seine Mitschüler und Mitschülerinnen machten, als sie ihre Sachen zusammenpackten, riss Eric aus seinen Gedanken. Er hatte nicht einmal die Schulglocke gehört. Er musste sich beeilen, wenn er Amanda vom Unterricht abholen wollte.

Kapitel 15

Ein langes hohes Klingeln verkündete das Unterrichtsende. Am besten war ja, dass wir bereits Freitag hatten und ich mich erst am Montag wieder mit alldem hier auseinandersetzen musste. Ich ließ mir Zeit damit, meine Sachen einzuräumen, machte es so langsam, wie ich konnte. Ich wollte nicht die Erste sein, die den Raum verließ, denn dann müsste ich an den anderen vorbeigehen. Erst als nur noch ich im Klassenzimmer war, setzte ich mich in Bewegung.

Eric wartete wieder mit seinem typischen Lächeln vor der Tür auf mich.

»Und? Wie war dein erster Tag? Hast du dich schon an die Schule gewöhnt?«, fragte er, während er mir dabei half, den Reißverschluss meines Rucksacks zu schließen.

»Na ja, alle haben mich angestarrt, aber das hat vermutlich damit zu tun, dass ich die Neue bin.«

»In ein paar Tagen hört das auch auf, wirst schon sehen.

Mach dir keine Sorgen. Ich bleibe so lange bei dir, wie du mich brauchst.«

»Niemand hat sich mit mir unterhalten … Obwohl, ich hab mich auch mit niemandem unterhalten.«

»Hey! Sag so was nicht!«, rief Eric lachend. »Ich hab mich mit dir unterhalten und du dich mit mir. Nach und nach wirst du schon mehr Leute kennenlernen.«

Ich fand es merkwürdig, dass Eric das sagte. In der Zeit, die ich mit ihm verbracht hatte, hatte ihn niemand gegrüßt oder mit ihm gesprochen. Nur in der Mittagspause war ein Mädchen aus dem Informatikclub zu uns gekommen und hatte ein paar Minuten mit uns geredet.

Ich hatte das Gefühl, dass Eric auch ein wenig – ein wenig viel – einsam war, vor allem weil er es tatsächlich selbst gesagt hatte.

Wir verließen das Schulgebäude und redeten über die Hausaufgaben, die wir bis Montag machen mussten. Wir stiegen die Stufen hinunter und wandten uns in Richtung Bushaltestelle, wobei wir immer noch so in unsere Unterhaltung vertieft waren, dass wir die Mädchenclique vor uns nicht bemerkten.

Ich lief in eine von ihnen hinein.

»Oh, sorry, hab dich nicht gesehen«, entschuldigte ich mich sofort.

»Schon okay, mach dir keinen Kopf«, erwiderte das Mädchen und nahm meine Tollpatschigkeit gelassen hin.

»He, schaut mal, der Streber hat sich eine Freundin angelacht«, sagte ein anderes Mädchen. Sie war groß und sehr hübsch. Sie wäre eine richtige Schönheit, wäre da nicht diese angeekelte Grimasse auf ihrem Gesicht gewesen, die sie echt hässlich machte. »Eine Freundin, die genauso abgeranzt aussieht wie er. Das sagt ja schon alles. Sie weiß noch nicht mal, wie man sich hübsch anzieht, seht euch nur diese alten Schuhe an.«

Bei diesem letzten Satz ertönte ein Chor aus gezwungenem Gelächter.

Ich blickte beschämt auf meine Schuhe hinunter. Sie waren abgenutzt und ausgebleicht, aber mir gefielen sie. Ich wollte ihr gerade sagen, dass sie die Klappe halten und sich um ihre eigenen Angelegenheiten kümmern sollte, da kam Eric mir zuvor.

»Sara, Amanda hat dir nichts getan«, verteidigte er mich.

»Der Klugscheißer kennt ja doch mehr Wörter als ›Sorry‹ und ›Schon okay‹. Was für eine Überraschung …«

Eines der Mädchen entfernte sich etwas von der Gruppe, während diese Sara auf Eric zutrat. Die anderen sahen betreten zu Boden. Ich beobachtete das Ganze, bereit, meinem Freund jederzeit zu Hilfe zu kommen.

Sara ging immer weiter auf Eric zu und blieb dann direkt vor ihm stehen. Er erwiderte ihren Blick.

»Wag es ja nicht noch mal, mich direkt anzusprechen, Bücherwurm.« Sara unterstrich ihre Worte mit einem heftigen Stoß, der Eric zurückstolpern ließ.

In diesem Moment passierten mehrere Dinge gleichzeitig:

Ein Auto bog um die Ecke und näherte sich uns mit rasender Geschwindigkeit.

Der Fahrer, einer der Schüler aus dem letzten Jahrgang, war abgelenkt und winkte seinen Freunden, die vor ihm auf dem Gehweg gingen.

Das Mädchen, das sich von den anderen entfernt hatte, warf einen Schuh auf Eric, der nach Saras Stoß das Gleichgewicht immer noch nicht wiedergefunden hatte.

Der Schuh traf sein Ziel: Eric stolperte noch weiter zurück und mitten auf die Fahrbahn – und das mit dem Rücken zu dem Auto, das auf ihn zuraste.

In wenigen Sekunden würde die einzige Person, die nett zu mir gewesen war, überfahren werden … Und bei der Geschwindigkeit, mit der das Auto auf ihn zukam, war es echt unwahrscheinlich, dass er den Zusammenprall überleben würde.

Kapitel 16

Mir blieb keine Zeit zum Nachdenken, ich musste handeln. Ich rannte so schnell auf Eric zu, wie meine Beine mich trugen, und stieß ihn aus dem Weg.

Wir flogen ein paar Meter. Ich hatte keine Ahnung, ob es weit genug gewesen war, weshalb ich mich schützend über meinen neuen Freund warf und jede Sekunde mit dem Aufprall rechnete.

Es gab keinen Aufprall.

Das Quietschen von Bremsen ließ mich den Kopf heben. Ich sah zu Eric. Er wirkte, als würden ihm gleich die Augen aus dem Kopf fallen, aber ansonsten ging es ihm gut.

Es ging uns beiden gut.

Das Auto hatte ein paar Meter von uns entfernt abgebremst. Der Fahrer sprang heraus und rannte zu uns, um sich zu entschuldigen und zu fragen, ob es uns gut gehe.

Eric und ich beobachteten, wie sich die Mädchen lachend

davonmachten. Offenbar war es ihnen egal, dass sie beinahe für den Tod eines Mitschülers verantwortlich gewesen wären. Offenbar fanden sie das sogar lustig.

Der Fahrer half uns auf die Beine und bot an, uns ins Krankenhaus zu fahren. Wir beruhigten ihn. Uns ging es beiden gut, niemand hatte sich wehgetan.

Schließlich gelang es uns, ihn davon zu überzeugen, dass er ruhig weiterfahren konnte.

Erneut sah ich zu den Mädchen, die sich von uns entfernten. Ich spürte, wie die Wut in mir wuchs, aber ich wollte Eric nicht allein lassen. Er schien unter Schock zu stehen. Ich würde mir die Mädchen ein andermal vorknöpfen, denn das konnte so echt nicht weitergehen.

Erst jetzt fiel mir auf, dass eines der Mädchen immer noch hier war. Und uns aus großen blauen Augen anstarrte. Es war das Mädchen, in das ich vor wenigen Minuten hineingelaufen war. Ihre langen Haare, dunkel und lockig, bewegten sich im Wind und bildeten einen starken Kontrast zu ihrer hellen Haut. Sie kam auf uns zu.

»Geht es euch gut? Es tut mir so leid, was passiert ist«, sagte sie.

»Uns geht's gut, aber deinen Freundinnen nicht mehr, sobald Rektor Phillips hiervon erfährt«, erwiderte ich wütend.

»Das sind nicht mehr meine Freundinnen, ich hab die Nase

voll von denen.« Sie trat auf mich zu und streckte mir die Hand entgegen. »Ich bin Esme.«

Esme wusste, was sie wollte, das konnte man nicht leugnen. Sie hatte in weniger als einer Minute beschlossen, dass diese Mädchen nicht länger ihre Freundinnen waren. Was mir doch etwas schnell vorkam. Entweder versuchte sie, uns aus irgendeinem mir unbekannten Grund etwas vorzuspielen, oder sie war wirklich sehr standfest und scherte sich tatsächlich nicht um die Meinung anderer.

Ich sah ihr in die Augen und versuchte zu erkennen, ob sie uns anlog. Sie erwiderte meinen Blick, ohne mit der Wimper zu zucken, während sie mir ihre Hand weiter hinhielt. Nachdem wir uns noch eine Weile schweigend angestarrt hatten, beschloss ich, dass es nicht schaden konnte, diesem Mädchen eine zweite Chance zu geben.

»Ich bin Amanda und er heißt Eric«, sagte ich und schüttelte ihre Hand.

»Ich weiß. Du bist neu hier, aber inzwischen kennen wir alle deinen Namen … Außerdem haben wir zusammen Mathe.« Esme machte eine Pause. »Was gerade passiert ist, tut mir wirklich unglaublich leid. Sie sind zu weit gegangen.« Sie warf einen Blick auf ihre Armbanduhr. »Ich muss los, wir sehen uns Montag.«

»Bis Montag«, erwiderte ich.

»Ah, übrigens«, fügte Esme noch hinzu, während sie sich schon von uns entfernte, »mir gefallen deine Schuhe.«

Eric und ich sahen ihr nach. Als sie aus unserem Sichtfeld verschwunden war, wandte ich mich wieder Eric zu.

»Geht es dir wirklich gut? Soll ich dich zu einem Arzt begleiten?«

»Nein, mach dir keine Sorgen. Dank dir bin ich mit dem Schrecken davongekommen.« Eric lächelte mich an. »Du hast mir das Leben gerettet. Danke … Aber wie hast du das gemacht? Das letzte Mal, als ich zu dir gesehen habe, warst du ziemlich weit von mir entfernt.«

»Ich weiß es nicht«, gab ich flüsternd zu. »In letzter Zeit mache ich einige Dinge, die ich früher nicht konnte.«

Eric und ich setzten uns in Bewegung. Der Schulbus war schon vor einiger Zeit gefahren, weshalb wir die Straßenbahn nehmen mussten. Wir waren noch keine hundert Meter weit gekommen, als ein schwarzes und sehr luxuriöses Auto direkt neben uns stehen blieb. Das Fenster auf der Fahrerseite ging runter und hinter der Scheibe kam Benson zum Vorschein.

»Guten Tag, junge Dame«, sagte er. »Steigen Sie ein, ich fahre Sie nach Hause.« Ich sah zu Eric, wusste aber nicht, was ich sagen sollte. »Ihr Freund kann ebenfalls mitfahren, möglicherweise brauchen Sie noch seine Hilfe.«

»Willst du mit zu mir kommen, Eric?«, fragte ich mit einem so breiten Grinsen, dass es mir garantiert von einem Ohr zum anderen ging. Ich war mir sicher, dass mein neuer Freund die Einladung annehmen würde.

»Natürlich«, erwiderte er aufgeregt.

Wir machten es uns auf dem Rücksitz gemütlich, und Benson brachte uns an den Ort, an dem eine großartige Freundschaft ihren Anfang nehmen würde.

Oder vielleicht auch nicht.

Kapitel 17

»Schau mal«, sagte ich und zeigte Eric den Zettel, auf dem ich den Hinweis aufgeschrieben hatte, den ich in der Nacht entdeckt hatte. »Ich weiß nicht, was das bedeutet.«

Eric und ich waren in meinem Zimmer.

Ich muss zugeben, dass es mir erst etwas peinlich gewesen war, Eric zu zeigen, wo ich lebte. Ja, die Villa war von außen sehr imposant, aber das Innere war 'ne ganz andere Nummer … Doch Tante Paula und Benson hatten den Tag über große Fortschritte gemacht: Sie hatten mehrere Zimmer geputzt, sodass jetzt fast alles in seinem früheren Glanz erstrahlte. Okay, das ganze Haus konnte einen neuen Anstrich vertragen, trotzdem war es zumindest ein guter Anfang.

Ich fühlte mich ein wenig schlecht, weil Benson und Tante Paula so viel Arbeit allein erledigt hatten, und nahm mir vor, ihnen am Wochenende zu helfen.

Tante Paula hatte einen Moment abgepasst, in dem Eric

abgelenkt gewesen war, und mich dazu ermuntert, meinem neuen Freund den Hinweis zu zeigen – was hieß, dass ich andere um Hilfe bitten durfte. Und das tat ich gerade.

Ich hatte Eric von all dem erzählt, was in den letzten zwei Tagen passiert war: von unserer alten Wohnung, von der finanziellen Notlage, in der wir uns befanden, von dem geheimnisvollen Brief und davon, dass ich die Villa geerbt hatte. Außerdem hatte ich ihm erklärt, dass dieser Hinweis Teil meiner Ausbildung war, auch wenn ich nicht wusste, wofür ich überhaupt ausgebildet wurde. Eric hörte mir geduldig zu, stellte Fragen, wenn er etwas nicht verstand, und bat mich, weiterzusprechen, wenn ich mich in einem Punkt verrannte. Es dauerte nicht lange, bis ich ihm wirklich alles erzählt hatte. Von der ersten Sekunde an hatte ich das Gefühl gehabt, diesem dünnen und sommersprossigen Jungen vertrauen zu können. Und gerade brauchte ich einen Freund mehr als alles andere auf der Welt.

Eric ließ den Blick über den Zettel schweifen, den ich ihm gereicht hatte. Er hielt ihn fest in den Händen. Er drehte ihn um. Drehte ihn wieder zurück. Er kratzte sich am Kopf, ohne seine Aufmerksamkeit von dem Zettel abzuwenden.

»Was ist das hier?«, fragte er schließlich und zeigte auf das seltsame Symbol, das wie ein Dreieck auf einem Quadrat aussah.

»Ich habe keine Ahnung«, erwiderte ich und zuckte mit den Schultern.

Eric betrachtete noch ein paar Sekunden die Zeichnung. Dann wurden seine Augen plötzlich tellergroß und seine Lippen verzogen sich zu einem Lächeln. Ich konnte regelrecht sehen, wie ihm ein Licht aufging.

Er hatte etwas herausgefunden.

Kapitel 18

Ich glaub, ich hab's«, sagte Eric. »Die Zeichnung sieht aus wie ein Haus. Sehr skizzenhaft zwar, aber trotzdem ein Haus.«

Ich nahm ihm den Zettel aus der Hand und betrachtete die Zeichnung erneut.

»Das heißt …«, begann ich.

»Das heißt, du musst auf den Dachboden. Schau mal«, unterbrach er mich und zeigte aufgeregt auf den Hinweis, »das hier ist das Dach und das hier der Rest des Gebäudes.« Er fuhr mit dem Finger die Zeichnung nach. »Sein Ende ist dein Anfang. Damit ist alles klar. Das Letzte, was man an einem Haus macht, ist das Dach.«

»Der nächste Hinweis ist also auf dem Dachboden«, murmelte ich nachdenklich. Dann sah ich meinen Freund breit grinsend an. »Du bist ein Genie!!!«

Natürlich gingen wir sofort auf den Dachboden, nachdem

wir uns mit ein paar Taschenlampen ausgestattet hatten, für den Fall, dass unsere Handyakkus leer wurden. Es dauerte ein wenig, bis wir die Treppe fanden, die in den obersten Stock hinaufführte, und dann noch mal eine ganze Weile, bis wir die Tür zum Dachboden entdeckten.

»Es muss die hier sein«, sagte ich. »Das ist die letzte. Wir haben sonst alle probiert.«

»Die Ehre gebührt dir, es ist deine Suche.«

Die Tür ging mit einem sehr unangenehmen Quietschen auf, das eine Gänsehaut über meinen Rücken jagte. Das Licht aus dem Flur erhellte den Anfang einer schmalen Treppe.

Wir mussten also im Gänsemarsch gehen. Ich stieg als Erste die Stufen nach oben, Eric blieb dicht hinter mir. Dicke Spinnweben hingen von der Decke. Ich schlug sie unwirsch aus dem Weg, trotzdem blieben welche auf meinem Gesicht kleben. Und ich hasse nicht nur Regen, sondern auch Spinnen. Ein Vieh mit so vielen Beinen kann einfach nichts Gutes verheißen. Als wir am Ende der Treppe ankamen, wischte ich die Spinnennetze, die auf meinen Wangen und meiner Stirn klebten, mit dem Ärmel meines Kapuzenpullis weg.

Ich versuchte, die Dunkelheit mit meiner Handytaschenlampe zu durchbrechen. Doch ich konnte den Raum vor uns damit nur ein paar Meter weit erhellen. Funkelnde Staubkörnchen tanzten im Licht und ließen das Ganze ziemlich

surreal und düster wirken. Eindeutig zu düster für meinen Geschmack.

Ich ging zu einem der Fenster und zog die dicken Vorhänge beiseite, sodass ein paar schwache Sonnenstrahlen durch die schmutzigen Scheiben dringen konnten. Es war nicht wirklich viel besser so, aber zumindest konnten wir etwas mehr sehen.

»Uff, wie krass ist das bitte? Hier gibt es viele Stellen, wo man suchen könnte«, sagte Eric und kratzte sich erneut den Kopf, während er sich umsah. Mir war aufgefallen, dass er das jedes Mal tat, wenn er sein Gehirn benutzen musste. »Mehr stand nicht in dem Hinweis, oder?«

»Nein, ich muss es selbst herausfinden.« Ich stöhnte.

»*Wir* müssen es herausfinden.« Eric lächelte. »Ich helfe dir, so gut es geht. Du hast mir immerhin das Leben gerettet.«

»Aber das kann ich nicht verlangen. Ich glaube kaum, dass du große Lust drauf hast, hier zwischen dem ganzen Staub und Spinnweben nach etwas zu suchen, von dem wir keine Ahnung haben, was es ist.«

»Ich habe nichts Besseres zu tun.« Eric verschränkte die Arme und lehnte sich an die Wand. »Und ich habe auch nicht viele Freunde.«

Ein Klicken ertönte in seinem Rücken.

Eine Sekunde später fiel er nach hinten und verschwand aus meinem Sichtfeld.

Ich stürzte zu der Öffnung in der Wand und fand meinen Freund in völliger Dunkelheit auf dem Boden sitzend. Er blinzelte ein paarmal, als ich ihn mit der Handytaschenlampe anleuchtete.

»Kannst du aufhören, mir direkt in die Augen zu leuchten?«, bat er mich lachend. »Seit ich dich kenne, bin ich jetzt schon zweimal auf dem Boden gelandet. Langsam glaube ich, dass es gefährlich ist, dich als Freundin zu haben.«

»Tja, noch kannst du gehen«, sagte ich und versuchte, würdevoll zu klingen. Auch wenn ich nicht wollte, dass er ging. Ich hatte noch nie einen besten Freund gehabt und irgendwie gewöhnte ich mich an die Anwesenheit dieses sommersprossigen und sympathischen Jungen.

»Bist du verrückt?«, fragte er und klopfte sich beim Aufstehen den Staub von der Hose. »Jetzt, wo wir einen Geheimgang entdeckt haben? Sicher nicht. Ich bleibe hier, bis wir herausgefunden haben, was es herauszufinden gibt. Das ist das Krasseste, was ich je erlebt habe.«

Ich sah ihn amüsiert an. Einen Freund zu haben, hatte was. Ich begann, mich auf ihn zu verlassen, und das, obwohl wir uns erst heute Morgen kennengelernt hatten. Aber wenn es stimmte, dass es Menschen gab, mit denen man sich einfach leichter unterhalten oder Sachen teilen konnte als mit anderen, dann war Eric eindeutig einer davon.

»In meinem Zimmer gibt es auch einen Geheimgang …«, sagte ich gedankenversunken, während ich mit der Taschenlampe in die Dunkelheit des Geheimgangs leuchtete. »Denkst du, wir sollten ihm folgen?«

Eric verdrehte die Augen. »Ich denke, dass wir Zeit vertrödeln … Aber bevor wir den Geheimgang erkunden, sollten wir zurück in dein Zimmer gehen und einen Notizblock holen. Es wäre vermutlich ganz gut, wenn wir die Gänge, die wir erforschen, aufzeichnen.«

»Gänge aufzeichnen« – die Worte legten eine Art Schalter in meinem Kopf um. Plötzlich stieg eine Erinnerung an letzte Nacht in mir auf, daran, wie ich die Anleitung meiner neuen Uhr überflog.

»Wir haben vielleicht sogar etwas Besseres als einen Notizblock«, sagte ich mit einem schiefen Lächeln.

Kapitel 19

Hier ist es! Seite 52!«, rief ich, während ich die Anleitung durchblätterte. »Aufzeichnung unbekannter Orte.«

Ich begann zu lesen, hörte aber direkt wieder auf. Es war, als würde man in einer Fremdsprache lesen. Wortlos gab ich die Anleitung an Eric weiter. Er verstand alles sofort.

»Okay, lass mich mal sehen … Und gib mir die Uhr.« Ich löste sie von meinem Handgelenk und reichte sie ihm. Er las weiter. »Aha, da steht … Ich muss hier drücken und hier …« Er war hoch konzentriert, während er die Anleitung studierte und verschiedene Knöpfe an meiner Uhr drückte. »Jetzt muss ich das einstellen … Und … das da.« So ging es ein paar Minuten, bis er mir schließlich die Uhr mit einem zufriedenen Lächeln zurückgab. »Sobald die Karte fertig gezeichnet ist, musst du die Uhr nur noch mit einem Computer verbinden und sie herunterladen.«

»Und das war's?« Ich fühlte mich ein bisschen schlecht, weil er etwas so schnell hingekriegt hatte, von dem ich nicht die geringste Ahnung hatte.

»Es gibt kein Gerät, das sich mir widersetzen kann. Ich hab dir ja gesagt, dass ich sehr gut mit Technik bin. Und wenn ich sage sehr gut, dann meine ich sehr, sehr gut.«

»Ja, hab's kapiert. Gehen wir?«

»Warte, wir brauchen noch Kreide oder einen Filzstift … Und Batterien für die Taschenlampen. Mein Handyakku ist schon fast leer.«

Wir suchten alles zusammen, was wir benötigten, und machten uns erneut auf den Weg zum Dachboden.

»Okay, was muss ich tun, damit das Teil anfängt, die Karte zu zeichnen?«, fragte ich Eric, bevor wir den Geheimgang betraten.

»Drück hier und hier. Gleichzeitig«, sagte er und zeigte mir die Knöpfe.

Ich drückte sie. Wir schalteten die Handytaschenlampen ein und wagten uns dann in die Eingeweide der Villa Black hinein.

Kapitel 20

In dem Geheimgang war es kalt und es roch nach Feuchtigkeit. Von der Decke hingen dicke Spinnweben, die wir mit den Händen wegwischten. Dunkelheit umgab uns. Wir versuchten, sie mit unseren Handytaschenlampen zu durchdringen, doch das Licht war nicht stark genug, weshalb wir nicht erkennen konnten, was weiter vor uns lag. Dort hätte ein Furcht einflößendes Monster sein können, und wir hätten es erst gesehen, wenn wir direkt in es hineingerannt wären – wenn es längst zu spät gewesen wäre, um noch zu entkommen.

Zu beiden Seiten des Geheimgangs waren Türen, die wir nach und nach öffneten. Einige führten in leere Räume, andere in Zimmer, in denen sich Rüstungen und Waffen aus unterschiedlichen Ländern und Epochen befanden, und hinter manchen befanden sich auch veraltete Geräte. Bei keiner von diesen staubigen Maschinen konnten wir uns einen Reim darauf machen, wofür sie gut waren.

Jedes Mal, wenn wir an eine Weggabelung kamen, markierte Eric den Gang, in dem wir unser Abenteuer fortsetzten, mit Kreide. Bei einer dieser Gabelungen nahmen wir einen Weg, der nach unten führte. Es war eine Wendeltreppe, die nie zu enden schien. Wir richteten den Strahl der Taschenlampe nach unten, doch die Treppe drehte sich weiter und weiter.

Irgendwann erreichten wir endlich eine Metalltür, die im Vergleich zu den anderen, die wir oben im Geheimgang geöffnet hatten, echt modern aussah. Wir erreichten sie gerade rechtzeitig, denn mein Handy wählte genau diesen Moment, um sich abzuschalten. Natürlich entschieden wir uns, durch diese Tür zu gehen.

Wir traten in ein quadratisches Zimmer, das gerade mal vier Quadratmeter groß war. Der Raum wurde von vier in die Decke eingelassenen Lampen erhellt, weshalb Eric nun auch seine Handytaschenlampe ausschaltete. In unserem Rücken befand sich die Metalltür und uns gegenüber eine, die genau gleich aussah. Rechts von dieser zweiten Tür war ein Feld mit einem Bildschirm und einem Nummernblock darunter. Der Bildschirm leuchtete auf, sobald wir direkt davorstanden. Zwei Wörter erschienen darauf:

PASSWORT EINGEBEN.

Eric sah mich an, und ich zuckte mit den Schultern, während ich noch näher an das Eingabefeld herantrat.

Ich tippte das Geburtsdatum meiner Mutter ein.

FEHLER. NOCH ZWEI VERSUCHE ÜBRIG.

Ich versuchte es mit dem Hochzeitstag meiner Eltern.

FEHLER. NOCH EIN VERSUCH ÜBRIG.

Ich sah Eric an.

»Ich weiß nicht, was ich noch probieren könnte«, sagte ich mit zittriger Stimme. Ein Schweißtropfen lief mir über die Stirn, und ich wischte ihn mit dem Ärmel meines Kapuzenpullis weg. »Und ich habe keine Ahnung, was passiert, wenn ich wieder falsch tippe.«

Mein Freund zeigte zur Decke. Ganz oben an den Wänden waren ein paar Luftschächte, die mir bisher nicht aufgefallen waren.

»Das gefällt mir nicht«, meinte Eric ängstlich. »Wenn du noch mal falschliegst, schnappt vielleicht eine Falle zu … Ich weiß nicht, aus den Schächten könnte irgendein tödliches Gas oder Wasser kommen … In beiden Fällen würde uns die Luft ausgehen.«

»Und was machen wir jetzt? Sollen wir mit leeren Händen umkehren?«

»Oder du überlegst dir den nächsten Versuch wirklich gut …«, schlug Eric vor.

Ich dachte eine ganze Weile nach, grübelte, was das Passwort sein könnte.

Ich tippte ein paar Zahlen ein: mein Geburtsdatum.

Und drückte ENTER.

Dann passierten mehrere Dinge gleichzeitig.

Die Lampen an der Decke wechselten ihr Licht zu Rot und fingen an zu blinken.

Ein Alarm ging los, und zwar so laut und schrill, dass wir uns die Ohren zuhalten mussten.

UAUAUAUAUAUAUAUAUAUAUAUAUAUAUAUAUAUAUAU-AUAUAU.

Und aus den Luftschächten nahe der Decke strömte grüner Rauch, der rasend schnell auf uns herabsank.

»ICH HAB'S DIR DOCH GESAGT!«, schrie Eric, damit ich ihn über den Alarm hinweg hören konnte. »RENN ZUR TÜR.«

Wir stürzten zu der Tür, durch die wir hereingekommen waren, und ruckelten an der Klinke.

Sie ging nicht auf.

»SIE IST BLOCKIERT!«, schrie ich. »WAS MACHEN WIR JETZT?«

Wir sahen uns um, suchten nach einem anderen Ausweg, aber wir waren gefangen.

Wenn wir nicht bald hier rauskamen, würden wir an dem Rauch ersticken.

Kapitel 21

Dürfte ich fragen, was dieser Lärm soll?«

So schnell, wie das Chaos begonnen hatte, hörte es auch wieder auf.

Das Licht der Lampen wechselte zurück zu einem warmen Gelb, das ohrenbetäubende UAUAUAUAUAUAUAUAUA des Alarms verstummte und der Rauch wurde in Sekundenschnelle abgesogen.

Eric und ich kauerten in der Mitte des Raums, pressten uns die Hände auf die Ohren und hatten die ganze Zeit die Luft angehalten.

So würdevoll wie möglich erhob ich mich vom Boden und ging auf Benson zu, der die Frage gestellt hatte. Seine Silhouette war auf der Schwelle der metallenen Tür aufgetaucht, die Eric und ich auch nach dem dritten Versuch nicht hatten öffnen können.

»Oh, Benson, Sie haben uns das Leben gerettet!«, rief ich

erleichtert und schlang die Arme um ihn. »Wir wären hier fast gestorben.«

»Wovon sprechen Sie, junge Dame?«, fragte der Butler verwirrt. »Niemand wird hier drinnen sterben. Nicht heute.«

»Wir haben versucht, die Tür zu öffnen«, erklärte ich hastig, »aber wir haben dreimal das falsche Passwort eingegeben, und dann ist Rauch von der Decke geströmt …«

»Es ist alles gut, junge Dame, beruhigen Sie sich«, sagte Benson mit einem freundlichen Lächeln. »Das Passwort ist 1, 2, 3, 4, 5, 6 … Ihre Eltern waren nicht besonders angetan von schwierigen Passwörtern, zumindest nicht im Haus. Und der Rauch, der von der Decke kam, war nichts weiter als ein Desinfektionsmittel gegen Viren.«

»Und der Alarm?«, fragte Eric.

»Das ist eine Klingel. Der Vater der jungen Dame hatte ein sehr schlechtes Gedächtnis, daher auch das einfache Passwort. Dennoch vergaß er es immer wieder. Das rote Licht war eine von den absurden Ideen ihrer Mutter. Ein lustiger Streich.«

»Und was machen Sie hier, Benson?«, fragte ich ihn nun.

»Ich habe hier unten aufgeräumt, da ich wusste, dass Sie früher oder später auf diesen Ort stoßen würden. Um ehrlich zu sein, haben Sie ihn von allen Blacks am schnellsten gefunden … Und ich bin seit sehr vielen Jahren im Dienst dieser Familie.« Benson trat von der Tür zurück und deutete mit der rechten Hand einladend in den Raum dahinter. »Und nun, herzlich willkommen in der geheimen ›Werkstatt Black‹.«

Eric und ich traten – endlich! – durch die rätselhafte Tür, ohne zu wissen, was uns auf der anderen Seite erwarten würde. Ich war froh, dass er bei mir war. Ohne ihn wäre ich nie so weit gekommen.

Wir landeten in einem Raum, der mir genauso unüberschaubar vorkam wie die gesamte Villa. Über uns erstreckte sich eine gewölbte Decke bis ins Endlose. Sie wurde von Rundbögen getragen, die nach unten hin in dicke rote Ziegelsteinsäulen übergingen, die wiederum in einem grauen Zementboden verankert waren. An den Wänden reihten sich Vitrinen, in denen an kopflosen Schaufensterpuppen schwarze Anzüge ausgestellt waren. Es gab sie in unterschiedlichen Ausführungen, die meisten waren für Erwachsene gedacht, einige wenige hatten meine Größe. Ein paar der Puppen trugen wunderschöne Abendkleider, andere elegante Hosenanzüge, wieder andere einfache Overalls und noch mal andere ein Outfit aus Hose, Stiefeln und T-Shirt. Eines jedoch hatten sie alle gemeinsam: Das Material, aus dem sie bestanden, war mit nichts zu vergleichen, was ich je gesehen hatte.

In einer Ecke des riesigen Raums waren Computer und große Bildschirme aufgestellt, auf denen man unterschiedliche Bereiche des Hauses und des Geländes sehen konnte. Es gab auch noch weitere Bildschirme, auf denen Orte angezeigt wurden, die ich nicht kannte.

Ganz hinten in der Werkstatt war ein Bereich, der in etwa so aussah wie eine Garage, in der verschiedene Autos und Motorräder standen. Es war für jeden Geschmack etwas dabei … Sportwagen, elegante Wagen, ein paar Kleintransporter. Und hinter den Wagen entdeckte ich sogar einen schwarzen Heli, ein seltsames Flugzeug mit zwei Sitzen und ein weiteres winziges Flugfahrzeug.

Etwas abseits an einer Seite des Raums stand ein Lesepult, auf dem ein Buch lag, das fast genauso groß war wie ich.

»Ihr habt vermutlich ziemlich viele Fragen«, sagte jemand, der auf einem der Drehstühle vor den Computern saß. Die Rückenlehne war so hoch, dass sie die Person verdeckte, doch ich hatte die Stimme von Tante Paula sofort erkannt. »Aber jetzt essen wir erst mal. Und natürlich nehmen wir eine Abkürzung. Wir gehen nicht durch die ganzen Gänge zurück, die euch hierhergeführt haben. Ich verstehe sowieso nicht, warum ihr den längsten Weg genommen habt.«

Tante Paula stand auf und kam auf uns zu.

»Aber … aber …«, begann ich.

»Nichts aber«, unterbrach sie mich. »Es ist Zeit fürs Abendessen. Eric, mein Lieber, ich habe deine Mutter angerufen und gefragt, ob du heute hier übernachten kannst. Ich habe ihr erzählt, dass du dich mit Amanda angefreundet hast und ihr euch gut versteht. Sie hat sich sehr darüber gefreut, dass du eine Freundin auf der Schule gefunden hast. Morgen fahren wir dich nach Hause, sobald du heimwillst. In Ordnung?«

»Ääääääh … Ja, klar. Perfekt. Cool.« Eric kratzte sich nervös am Kopf.

Kapitel 22

Wir verließen die geheime Werkstatt Black über einen Aufzug in einer versteckten Ecke des Raums. Der Aufzug hatte nur drei Tasten: Auf der ganz unten stand der Buchstabe »W«, die direkt darüber hatte zwei Buchstaben, »EG«, was vermutlich Erdgeschoss bedeutete, und auf der ganz oben stand wieder nur ein Buchstabe, nämlich »D«.

»Es gibt vom Dachboden aus noch einen anderen Weg in die Werkstatt?«, fragte ich.

»Natürlich, aber ihr habt ja lieber den längsten Weg genommen«, sagte Tante Paula und zuckte mit den Schultern.

Wir erreichten den Speisesaal und setzten uns zu dritt an den riesigen Mahagoni-Tisch, den Benson gedeckt hatte, als wären wir bei einem Galadinner. Ich verstand nicht, wie Benson das Abendessen zubereiten und gleichzeitig in der Werkstatt hatte sein können. Aber in den letzten Tagen waren mir zu viele Dinge untergekommen, die ich nicht verstand. Deshalb sperrte ich diese neue Frage in eine Ecke meines Gehirns, um sie, wie alle anderen, später zu stellen.

Während wir aßen, löcherte Tante Paula Eric mit Fragen, die er stammelnd und mit flüchtigen Blicken in meine Richtung beantwortete. Sie wollte wissen, was seine Interessen und Hobbys waren, und mein neuer Freund erzählte ohne zu zögern, dass er alles liebte, was mit Computern zu tun hatte. Er stellte sogar selbst ein paar Fragen zu den Geräten, die wir in der Werkstatt gesehen hatten, und bewies so, dass er genau wusste, wovon er sprach. Tante Paula fragte ihn auch nach seiner Familie, woraufhin Eric antwortete, dass er bei seiner Mutter lebte, die er sehr gernhatte, und dass er versuchte, ihr das Leben so leicht wie möglich zu machen. An Tante Paulas zufriedenem Gesichtsausdruck erkannte ich, dass ihr Eric genauso sympathisch war wie mir. Er war ein guter Junge.

Als wir zum Nachtisch kamen, wandte sich Tante Paula schließlich zu mir um.

»Vertraust du ihm?«, fragte sie.

»Ja … Glaub schon«, stammelte ich. Wir kannten uns zwar erst seit ein paar Stunden, aber ich spürte, dass ich ihm vertrauen konnte. Es war merkwürdig: Hätte mir am Tag davor jemand gesagt, dass ich bereits am nächsten Tag jemand anderem als Tante Paula vertrauen würde, hätte ich der Person ins Gesicht gelacht. Aus vollem Halse.

»Ein ›Glaub schon‹ reicht mir nicht, mein Kind. Ich frage dich also noch mal: Vertraust du ihm?«

Ich sah zu Eric, der meinen Blick verwirrt erwiderte. Ich konzentrierte mich auf den offenen und ehrlichen Ausdruck in seinen Augen. Ich lächelte, und er beantwortete es sofort mit einem Grinsen, das so breit war, dass seine Zähne zu sehen waren. Und da wusste ich es mit absoluter Sicherheit.

»Ja, Tante Paula, ich vertraue ihm.«

»In diesem Fall werde ich offen vor ihm sprechen, denn ich glaube, dass du seine Hilfe brauchen wirst.«

»Was ist los, Paula?«

»Wir sind kurz davor, das Haus zu verlieren …«, begann Tante Paula.

»Was? Aber wir sind doch gerade erst eingezogen!«, unterbrach ich sie. Aus dem Augenwinkel sah ich, dass Benson den Speisesaal betreten hatte und an der Tür stehen geblieben war.

»Ich weiß, Amanda, ich weiß«, fuhr Tante Paula fort. »Die Sache ist nur, der Erhalt der Villa ist teuer und wir haben offene Rechnungen … Wenn wir diese nicht innerhalb einer Woche bezahlen, geht das Haus an die Bank. Bisher gab es einen Fonds, den deine Eltern für solche Ausgaben eingerichtet haben. Aber dieser Fonds ist seit ein paar Monaten aufgebraucht … Und die Bank wartet nicht.«

»Und Benson? Wie sollen wir Benson bezahlen?«, fragte ich und zeigte auf den Butler. »Wir bezahlen ihn doch, oder?«

»Ach, machen Sie sich um mich keine Sorgen, junge Dame. Ich verdiene mir hier und dort etwas dazu«, mischte sich der Butler ein, kam nun auf den Tisch zu und setzte sich zu uns.

»Amanda, Benson gehört zur Familie. Er ist schon seit vielen Jahren im Dienst der Blacks, er wird uns nicht verlassen. Mach dir also um Benson keine Gedanken«, sagte Tante Paula.

»Und was können wir jetzt machen? Wie kann ich helfen?« Ich weigerte mich, diese Villa wieder zu verlieren. Sie war mein Erbe.

»Dazu wollte ich gerade kommen«, sagte Tante Paula. »Die Lösung für dieses Problem ist in diesem Haus. In der Werkstatt, um genau zu sein. Aber Benson und ich konnten sie nicht finden, egal wie sehr wir es versucht haben.«

»Was meinst du damit, die Lösung ist in der Werkstatt?«, fragte ich mit gerunzelter Stirn. Eric verfolgte die Unterhaltung, als wäre sie ein Tennisspiel, und sah zwischen uns hin und her, ohne etwas zu sagen. »Und warum brauchen wir Eric?«

»In der Werkstatt gibt es einen gesicherten Raum, den deine Eltern Galerie der Geheimnisse nannten. Dort befindet sich unter anderem das gesamte Vermögen der Familie Black. Aber Benson und ich konnten den Schlüssel nirgends finden. Vielleicht habt ihr beide, Eric und du, mehr Glück.«

»Und was sollen wir machen?«, fragte ich.

Tante Paula atmete laut ein, als müsste sie sich auf das vorbereiten, was sie als Nächstes sagte.

»Bevor deine Eltern geflohen sind, haben sie alles geplant. Es ist Teil deiner Ausbildung, diesen Schlüssel zu finden, den gesicherten Raum zu öffnen und die Villa zu retten.« Tante Paula machte eine Pause, um mir in die Augen zu sehen. Danach schüttelte sie ein paarmal den Kopf und seufzte erneut. »Ich habe versucht, dich vor alldem zu beschützen. Ich finde, du bist noch zu jung, und ich will nicht, dass du dich in Gefahr begibst. Aber es ist das, was deine Eltern gewollt hätten. Es ist dein Vermächtnis, es ist, wer du bist, und es ist ein Teil von dir. Liebes, noch haben wir Zeit. Noch kannst du dein Erbe ausschlagen, und dann leben wir wieder so wie früher … Aber wenn wir jetzt weitermachen, weiß ich nicht, ob ich dich noch beschützen kann.«

Ich erhob mich von meinem Stuhl, ging zu Tante Paula und umarmte sie. »Ich will nicht wieder so leben wie früher. Ich will nicht, dass du dir jemals wieder Gedanken darüber machen musst, wie du unsere Rechnungen bezahlst. Ich tue, was getan werden muss … Und einen Schlüssel finden und einen Raum öffnen klingt nicht gerade gefährlich«, sagte ich und gab ihr einen Kuss auf die Wange.

»Außerdem werde ich ihr helfen«, mischte sich Eric ein.

Tante Paula nickte. »Dann lies das Buch, das in der Werkstatt liegt, Amanda«, sagte sie nach einer Weile. »Darin steht nicht nur, wer du bist, sondern auch alles über den Schlüssel zur Galerie der Geheimnisse. Sobald du deine Herkunft kennst, ist es deine Entscheidung, ob du Eric davon erzählst oder nicht.« Sie machte eine Pause. »Eric, wenn du an Amandas Seite bleiben willst, sobald du die Wahrheit über sie weißt, dann solltest du dir bewusst darüber sein, dass es auch für dich sehr gefährlich werden kann. Diese Entscheidung musst du selbst treffen, versprich mir das.«

»Ich verspreche es«, erwiderte Eric, nachdem er kurz überlegt hatte. »Machen Sie sich keine Sorgen. Ich verspreche, ich werde darüber nachdenken und selbst eine Entscheidung treffen. Aber ich möchte Amanda helfen. Ich werde sie nicht mit alldem allein lassen.«

»In Ordnung ... Ihr wollt vermutlich sofort loslegen, die Jugend ist ja immer so ungestüm«, meinte Tante Paula. »Benson wird euch beim Übersetzen einiger Stellen des Buches helfen. Wenn ihr ihn braucht, ruft nach ihm. Aber vorher werden wir noch den Nachtisch essen, mit leerem Magen könnt ihr euch nicht mit diesem Buch auseinandersetzen.«

Wir beendeten das Abendessen und redeten dabei über belanglose Themen. Doch mir entging nicht, dass Tante Paulas Lachen gezwungen klang und dass ab und zu ein trauriger Ausdruck in ihrem Blick war, wenn sie uns ansah.

Sie wusste eindeutig mehr, als sie uns erzählte. Aber wir hatten bereits entschieden, die Villa zu retten – auch wenn mein Leben dadurch in Gefahr war. Ich hoffte nur, dass Eric nicht ebenfalls in Gefahr geriet.

Ich hatte ja keine Ahnung, wie sehr ich mich irrte.

Kapitel 23

Ich ging langsam auf das Lesepult zu. Ich rechnete die ganze Zeit damit, dass irgendeine Falle zuschnappte und mich an Ort und Stelle tötete, bevor ich überhaupt anfangen konnte, in dem Buch zu lesen.

Nichts passierte.

Ich strich über den Einband und fuhr mit den Fingern die Buchstaben nach, die den Titel bildeten. Sie waren wie schwarze Schnitte in dem glatten Braun des abgegriffenen Leders.

DIE FAMILIE BLACK VON IHREM
WEIT ZURÜCKLIEGENDEN URSPRUNG BIS HEUTE
EINE FAMILIENGESCHICHTE

Unter den Buchstaben war ein seltsames Symbol, das an eine Feder erinnerte.

Ich brauchte Erics Hilfe, um das Buch zu öffnen. Es war echt unglaublich schwer und fast genauso groß wie wir. Wir überblätterten die vorderen Seiten, bis wir zum ersten Kapitel kamen, und wollten anfangen zu lesen.

Wir verstanden kein Wort. Die Seite war voller unleserlichem Gekritzel, das wir nicht entziffern konnten.

»Ben…!«, rief ich.

»Hier bin ich, junge Dame.« Benson tauchte wie aus dem Nichts auf, bevor ich überhaupt seinen Namen ganz ausgesprochen hatte. In den Händen hielt er ein normal großes Buch. »Ich habe mir erlaubt, die ersten Kapitel zu übersetzen, damit Sie sie problemlos lesen können.« Er reichte mir das Buch.

»Oh, vielen Dank, Benson«, war alles, was ich sagen konnte. Ich hatte ihn nicht mal kommen sehen.

Ich betrachtete den Einband der Übersetzung, die Benson angefertigt hatte. Und als ich den Blick wieder hob, war der Butler verschwunden.

»Hast du gesehen, wo er hingegangen ist?«, fragte ich Eric.

»Nein, ich habe gelesen. Aber ich glaube, er ist einfach verschwunden wie ein Geist …«

»Langsam habe ich das Gefühl, dass mit Benson irgendetwas nicht stimmt. Aber egal, das hier wird uns weiterhelfen.« Ich grinste von einem Ohr zu anderen und klopfte ein paarmal auf das Buch, das Benson uns gebracht hatte. »Setzen wir uns, dann haben wir es bequemer.«

Wir gingen zu einem Tisch in der Nähe der Computer und machten es uns auf den Stühlen dort bequem, bevor wir zu lesen anfingen.

»Uff, das ist viel zu … Ich weiß gar nicht, wo ich anfangen soll«, sagte ich erschöpft.

Wir lasen eine ganze Weile. Tante Paula kam gegen Mitternacht, um nach uns zu sehen und uns daran zu erinnern, dass wir uns ausruhen sollten. Kurz darauf erschien Benson und brachte uns zwei Becher Milch und ein paar selbst gemachte Schokokekse.

Das Buch erzählte die Geschichte der Familie Black, meiner Familie, die bis ins Alte Ägypten zurückging. Offenbar waren wir einst die Anführer eines Geheimbundes gewesen, der die Göttin Maat – das personifizierte Konzept für Wahrheit, Gerechtigkeit und Weltordnung – verehrte. Die Mitglieder dieses Geheimbundes machten es sich zur Aufgabe, Objekte, die für die Menschheit gefährlich werden könnten, zu stehlen und sie aus dem Verkehr zu ziehen. Auf diese Weise stellten sie sicher, dass das Gleichgewicht zwischen guten und bösen Kräften aufrechterhalten wurde. Meine Familie versteckte diese Objekte und Artefakte an einem Ort, der heute als Galerie der Geheimnisse bezeichnet wird. In seiner

Anfangszeit hieß er einfach nur »Galerie«, ohne irgendwelchen Zusatz. Seine Koordinaten änderten sich im Laufe der Geschichte: Wenn die Familie Black ein Land verließ, nahm sie die gesamte Sammlung mit und versteckte sie in ihrem neuen Zuhause. Das ging so lange, bis sie schließlich ihren Weg in die heutige Villa Black fand, in der meine Familie die letzten zweihundert Jahre gelebt hatte.

Mit der Zeit war aus dem, was einst ein Geheimbund zu Ehren der altägyptischen Göttin Maat gewesen war, eine Organisation geworden, die aus nur einer einzigen Familie, der Familie Black, und einigen Verbündeten bestand. Die anderen Familien, die Mitglieder des Geheimbundes gewesen waren, waren im Laufe der Geschichte verschwunden, und nur wir waren übrig geblieben.

Zusammengefasst: Wir waren eine Familie von Dieben.

Klar, wir stahlen nur Objekte, die gefährlich sein könnten, aber wir waren trotzdem Diebe. Beziehungsweise: *Ich* war eine Diebin. Denn Tante Paula hatte keine Kinder und ihre Schwester hatte nur meine Mutter gehabt. Nach dem Tod meiner Oma und meiner Mutter war unsere Familie auf Tante Paula und mich geschrumpft.

Und Tante Paula war inzwischen zu alt, um Sachen zu stehlen. Zumindest behauptete sie das, auch wenn ich ihr nach dem, was ich während meiner Ausbildung bisher gesehen hatte, nicht ganz glaubte. Fakt war aber, wenn man Tante Paula wegließ, war ich die Letzte.

In der Übersetzung von Benson stand auch, dass die Mitglieder der Familie Black mit Schnelligkeit, Kraft, Intelligenz und übernatürlichen Fähigkeiten gesegnet waren und dass diese Begabungen sich ab dem zwölften Geburtstag zeigten. Das heißt, die Veränderungen, die ich seit ein paar Tagen an mir bemerkte, hingen damit zusammen, dass ich ein Mitglied der Familie Black war.

Diese Begabungen durften nur für einen bestimmten Zweck eingesetzt werden. Auf keinen Fall durfte ich sie für Böses nutzen oder sie würden sich gegen mich richten. Das war wie eine Art Fluch. Maat hatte den Menschen, die sie verehrten, diese Macht übertragen, aber jene, die sie für ihre eigenen Zwecke missbrauchten, starben einen qualvollen Tod.

Ich sollte also besser vorsichtig sein.

Eric und ich waren hundemüde, aber wir hatten immer noch nichts über den Schlüssel herausgefunden, der die Galerie der Geheimnisse öffnete und uns so ermöglichte, die Villa Black zu retten.

Doch uns fielen immer wieder die Augen zu, weshalb wir wohl am nächsten Tag weiterlesen mussten.

Dabei lief uns doch die Zeit davon!

Kapitel 24

Wir frühstückten zusammen mit Tante Paula, die uns keine einzige Frage dazu stellte, was wir gestern herausgefunden hatten. Eric bat meine Tante darum, das ganze Wochenende bleiben zu dürfen, um mir zu helfen. Tante Paula war einverstanden, verlangte aber, dass er seine Mutter anrief und es ihr selbst sagte. Tante Paula sprach dann ebenfalls mit ihr und lud sie am Nachmittag zum Tee in die Villa ein. Da Eric und ich so viel Zeit miteinander verbrachten, war es vielleicht gar nicht schlecht, wenn sie sich auch kennenlernten.

Nach dem Frühstück gingen wir wieder in die Werkstatt, um weiter in dem Buch zu lesen. Allerdings mussten wir Tante Paula zuvor versprechen, dass wir später mit ihr und Erics Mutter Tee trinken würden.

Erst als wir wieder vor dem Buch saßen, traute ich mich, Eric die Frage zu stellen, die mir auf der Zunge brannte.

Eric war bereits dabei, das Buch aufzuschlagen.

»Nein, warte, Eric.« Ich legte meine Hand auf seinen Arm, um ihn zu stoppen. »Es ist … Na ja, du weißt jetzt, wer ich bin, und …«

»Und?«, wiederholte mein Freund verwirrt.

»Was ›und?‹? Eric, ich bin eine Diebin. Bist du dir sicher, dass du weitermachen willst?«

»Das klingt schon ziemlich hart … Schau, hier steht …« Er klopfte mit dem Finger auf den Einband des Buches. »Hier steht, dass deine Familie nur Dinge stiehlt, die für die Menschheit gefährlich werden könnten. Ich sehe also kein Problem … Außerdem hat noch niemand was davon gesagt, dass du etwas stehlen sollst. Wir müssen nur den Schlüssel zu deinem gesicherten Raum finden. Und der gehört dir! Wir werden also nichts stehlen.«

»Vielleicht hast du ja recht … Okay, dann lass uns weiterlesen.«

Eric nickte und schlug das Buch auf der Seite auf, auf der wir letzte Nacht aufgehört hatten.

Ich beobachtete ihn dabei, und mit jeder Minute vertraute ich ihm mehr. Ich bezweifelte, dass es viele Menschen gab, die bereit gewesen wären, mir zu helfen, nachdem sie erfahren hatten, dass ich eine Diebin war und so was wie Superheldenkräfte besaß. Aber diesem Jungen war das egal. Ihm war nur seine Freundin wichtig. Ich war ihm wichtig! Und ich war noch nie jemandem wichtig gewesen, abgesehen von meiner Tante.

Wir brauchten noch mal fast drei Stunden, bis wir den ersten Hinweis fanden. Schnell war definitiv etwas anderes.

»Hier steht es! Hier! Schau mal, Amanda!« Eric tippte auf eine Zeile in der Mitte der Seite. »Schau! Krass! Wir haben es!«

»Was steht da?«, fragte ich.

»Also …« Eric las ein paar Sekunden in Stille. »Hmm … hmm … Okay, hier steht, dass der Diamantschlüssel die Galerie öffnet, in der die Artefakte aufbewahrt werden. Außerdem steht hier, dass man den Schlüssel unmöglich nachmachen kann … Und Benson hat auch eine Zeichnung davon gemacht.«

Eric schob mir das Buch zu und ich las nun ebenfalls den Eintrag. Die Zeichnung war unglaublich detailliert: Der Schlüssel schien aus Glas zu bestehen und sah aus wie eine Feder – ähnlich wie die auf dem Einband des großen Buches.

»Und wie finden wir ihn jetzt?« Ich gab Eric die Übersetzung zurück.

»Darf ich einen der Computer benutzen?«

»Natürlich, die sind ja vermutlich da, um uns bei unserer Suche zu helfen.«

Eric stand auf, ging zu einem der Computer und schaltete ihn ein. Der Bildschirm leuchtete sofort auf.

»Ich hab noch nie einen so schnellen Computer gesehen«, murmelte er mehr zu sich selbst, während er sich auf den Stuhl davor setzte. »Dann schauen wir doch mal, was du so draufhast, Kumpel.«

Eric öffnete einen Browser und tippte in das Suchfeld »Diamantschlüssel« ein.

Hunderte Ergebnisse wurden in weniger als einer Sekunde angezeigt. Eric klickte auf das erste. Es war ein Zeitungsartikel, der schon ein paar Jahre alt war und in dem es um eine Ausstellung ging, bei der Teile der Privatsammlung von Irma Dagon, der Haupteigentümerin der Dagon Corporation, gezeigt wurden. Und unter diesen Ausstellungsstücken befand sich der Diamantschlüssel.

»Es dürfte nicht allzu schwer sein, ihn zu finden. Wie es aussieht, wurde der Schlüssel vor ein paar Jahren im Historischen Museum unserer Stadt ausgestellt.«

»Aber wie ist er in den Besitz von dieser Irma Dagon gekommen?«, fragte ich, während ich näher trat, um den Artikel über Erics Schulter hinweg zu lesen.

»Das steht hier nicht.« Mein Freund zuckte mit den Schultern und klickte sich zurück zu den Suchergebnissen, um den nächsten Link zu öffnen.

The Penguin Post
MELDUNGEN DES TAGES
IRMA DAGON
Die lang ersehnte Sammlung ist endlich wieder in unserer Stadt
PERMISSIONS
read (r)
write (w)
execute (x)
owner/group/world

Alle Berichte, die nun folgten, waren beinahe wörtliche Kopien des ersten. Wir lasen uns durch die Artikel und deckten nach und nach die Spur des Diamantschlüssels auf: Die Privatsammlung von Irma Dagon war über die letzten Jahre hinweg in unterschiedlichen Ländern auf allen fünf Kontinenten ausgestellt worden … Und am kommenden Dienstag würden die Ausstellungsstücke wieder ins Hauptgebäude der Dagon Corporation, das sich hier in der Stadt befand, zurückgebracht werden.

»Letzten Endes werden wir also doch etwas stehlen müssen. Jetzt ist auch klar, warum Tante Paula und Benson den Schlüssel nicht finden konnten«, sagte ich.

»Sieht so aus. Warte kurz.« Eric las den letzten Beitrag, den er geöffnet hatte. »Es wird einen Empfang im Firmengebäude des Konzerns – dem Dagonturm – geben, um die Heimkehr der Sammlung zu feiern.« Eric drehte sich im Stuhl zu mir um. »Wir müssen uns also irgendwie auf diesen Empfang einschleichen.«

»Ich muss mich einschleichen.«

»Nein, wir«, beharrte er. »Wenn diese Irma Dagon einen Schlüssel hat, der eigentlich in diesem Haus sein müsste, kann das nur bedeuten, dass sie ihn gestohlen hat. Was wiederum heißt, dass wir den Schlüssel streng genommen nicht stehlen werden, sondern nur etwas zurückholen, was rechtmäßig dir gehört. Wir müssen auf diesen Empfang und den Schlüssel an uns bringen, ansonsten kannst du dich von dieser unglaublich krassen Villa verabschieden.«

So gesehen hatte Eric recht.

Jetzt mussten wir nur noch herausfinden, wie wir uns auf besagten Empfang einschleichen konnten.

Kapitel 25

Am nächsten Montag bekamen wir kaum mit, was im Unterricht besprochen wurde. Sowohl Eric als auch ich überlegten die ganze Zeit, wie wir auf den Empfang im Dagonturm gelangen konnten. Das Einzige, was wir an Informationen tatsächlich mitnahmen, war, dass wir am Mittwoch einen Test in Sozialkunde schrieben und uns kaum Zeit blieb, dafür zu lernen. Das würde also vermutlich das erste »Nicht genügend« in meiner kurzen schulischen Karriere werden. Aber es gab schließlich wichtigere Dinge … Ich wollte nicht einmal daran denken, wie Tante Paula auf ein »Nicht genügend« reagieren würde. Doch das war ein Problem für mein Zukunfts-Ich. Sollte die zukünftige Amanda das doch lösen, ich hatte gerade definitiv genug andere Probleme.

In der Mittagspause überlegten wir immer noch, wie wir uns unbemerkt auf den Empfang schleichen könnten.

»Wir könnten versuchen, uns als Erwachsene zu verkleiden«, schlug Eric vor.

»Ich glaub nicht, dass das was bringt. Das sieht man doch von Weitem, dass wir keine Erwachsenen sind«, widersprach ich.

»Vielleicht könnten wir uns als Servicekräfte ausgeben. Ich bin mir sicher, dass es am Angestellteneingang weniger Kontrollen gibt.«

»Die Idee schreib ich mal auf. Die ist nicht katastrophal schlecht«, sagte ich.

Esme kam in Erics Rücken auf unseren Tisch zu. Einige Schülerinnen und Schüler grüßten sie, und sie erwiderte die Grüße mit einem breiten Lächeln. Dieses Mädchen war mir ein einziges Rätsel. Sie war eindeutig sehr beliebt und trotzdem wollte sie mit zwei Losern wie uns reden. Wie gesagt, ein einziges Rätsel. Esme war schon fast an unserem Tisch, weshalb wir das Thema wechseln mussten.

»Schnell, Eric, wechsle das Thema, Esme kommt auf uns zu!«

»Hey zusammen«, begrüßte uns Esme. »Wie war euer Wochenende?«

»Gut, hab gelernt«, erwiderte ich, ohne weiter darauf einzugehen.

»Gut, gut. Deins?«, murmelte Eric und wurde rot.

Ich sah ihn an und musste grinsen. Es war ziemlich offensichtlich, dass Eric Esme etwas mehr als nur ein wenig mochte. Für mein Grinsen zahlte ich jedoch einen Preis, denn Eric trat mir unter dem Tisch gegen das Schienbein. Aber diesen Preis zahlte ich gern.

»Meins? Wollt ihr das wirklich wissen?« Esme strahlte übers ganze Gesicht. »Na gut … Ich war zu Hause. Ich rede nicht mehr mit Sara und den anderen aus der Gruppe. Ich finde es blöd, wie sie euch am Freitag behandelt haben … Und abgesehen von ihnen hab ich nicht wirklich viele Freunde.«

»Also, wenn du allein bist, kannst du dich gern uns anschließen«, sagte Eric.

Ihm wurde eine Sekunde zu spät klar, dass er den Mund zu weit aufgerissen hatte. Genau genommen wurde ihm das klar, als ich ihm nun meinerseits unter dem Tisch gegen das Schienbein trat. Wir konnten Esme nicht in dem Moment in unsere kleine Gruppe aufnehmen, in dem wir überlegten, wie wir den Diamantschlüssel stehlen wollten.

»Das wäre cool«, sagte Esme hastig. »Ich habe euch nämlich gesucht, weil ich euch auf eine Party einladen möchte.«

Das erregte meine Aufmerksamkeit. Sie wollte uns auf eine Party einladen?

»Auf eine Party?«, fragte ich.

»Ja, auf eine Party … Auch wenn ich nicht weiß, wie viel Spaß wir haben werden. Mein Papa arbeitet für die Dagon Corporation und morgen wird dort keine Ahnung was präsentiert. Alle Angestellten müssen kommen und ihre Familie mitbringen. Wir dürfen auch ein paar Freunde einladen, und Papa meinte, ich soll jemanden fragen, damit ich mich nicht langweile.«

Ich warf Eric einen Blick zu und er nickte unauffällig.

»Wir würden gern mitkommen«, sagte ich. »Vielen Dank für die Einladung.«

»Ah, es ist übrigens eine Gala. Wenn ihr nichts Passendes zum Anziehen habt, gebt mir einfach Bescheid«, sagte Esme.

»Also, ich habe einen Anzug, den hat meine Mama mir für die Hochzeit einer Tante gekauft«, erwiderte Eric.

Ich dachte an meinen Schrank und den Mangel an eleganter Kleidung darin, aber dann fiel mir die Werkstatt ein und ich erinnerte mich an die Schaufensterpuppen mit allen möglichen Outfits.

»Ich glaube, ich habe auch etwas. Alles gut«, sagte ich bestimmt, auch wenn ich nicht mit Bestimmtheit wusste, ob es unter den ganzen ausgestellten Kleidern in der Werkstatt tatsächlich etwas in meiner Größe gab.

»Tante Paula!«, rief ich, sobald ich nach Hause kam. »Tante Paula! Benson!«

Benson tauchte wie üblich wie aus dem Nichts auf. Diesmal rechts neben mir.

»Sie haben gerufen, junge Dame?«

»Ja, Benson, ich hab ein Problem. Ich brauche für morgen ein Abendkleid … Eric und ich werden den Diamantschlüssel stehlen.«

»Natürlich, junge Dame, folgen Sie mir.« Benson wandte sich ab und ging zum Aufzug, der in die Werkstatt führte. Seine Reaktion überraschte mich, denn er hatte auf meine Ankündigung genau so reagiert, wie er auf die Frage nach dem Wetter reagiert hätte. Was hieß: gar nicht. Es schien ihn überhaupt nicht zu kümmern. »Wir sollten auch Ihren Plan für den Diebstahl durchgehen und sicherstellen, dass nichts dem Zufall überlassen ist«, fügte er hinzu und sah mich an.

»Ja, klar, Benson. Wenn Sie das sagen. Es ist der erste Diebstahl, den wir planen, da gibt es bestimmt viel zu viele Dinge, die wir nicht bedacht haben.«

Wir fuhren in die Werkstatt hinunter und traten auf die Wand mit den Schaufensterpuppen zu. Es war mir bisher nicht aufgefallen, aber an einer Seite davon befand sich eine Schalttafel. Benson gab ein paar Befehle ein und schon erschien über meinem Kopf eine Galerie. Und noch eine … Und noch eine … Reihenweise Glasvitrinen und Regale mit Kleidern, Herrenanzügen, Taucheranzügen, Kletterausrüstung, Skianzügen. Es war alles dabei, was man sich nur vorstellen konnte. Man erreichte die Galerien über eine Leiter, die genau wie die verborgenen Auslagen direkt aus der Wand aufgetaucht war.

»Folgen Sie mir, junge Dame«, bat Benson.

»Hören Sie mal, Benson, wenn mein Plan wirklich aufgeht, werden wir noch viel Zeit zusammen verbringen«, sagte ich. »Warum nennen Sie mich also nicht einfach Amanda und wir duzen uns? ›Junge Dame‹ klingt für mich immer irgendwie seltsam.«

»Wie Sie wollen, junge Da… Amanda«, erwiderte Benson mit einem Lächeln, »aber Sie sollten wissen, dass das wiederum für mich sehr seltsam klingt.«

»Ich denke, wir werden uns beide dran gewöhnen.«

Wir erreichten die dritte Galerie und Benson führte mich zu einer der Glasvitrinen. In ihrem Innern befand sich das schönste Kleid, das ich jemals gesehen hatte. Und es schien meine Größe zu haben!

»Nun gut, Amanda. Wie wäre es mit diesem?«, fragte Benson und öffnete die Vitrine.

»Es ist bezaubernd«, sagte ich und strich über den Stoff. »Es ist wirklich das schönste Kleid, das ich je gesehen habe.

Und was ist das für ein Stoff? Soweit ich gesehen habe, sind alle Outfits hier aus diesem Stoff.«

»Ah, junge Da… Verzeihung, Amanda, dieser Stoff gehört zu den Geheimnissen der Familie Black. Er ist eine ihrer größten Errungenschaften. Tragen Sie Ihre Uhr?«

»Ja, aber ich hatte immer noch keine Zeit, die Anleitung zu lesen.«

»Ich werde Ihnen wohl eine Kurzeinführung geben müssen … Und Eric morgen auch, nur für alle Fälle.«

Was Benson nicht sagte, war, dass es mich das Leben kosten könnte, wenn ich nicht wusste, wie man mit dieser Uhr umging.

Ich verbrachte den Nachmittag mit Benson in der Werkstatt. Zuerst probierte ich das Kleid an (auf der Galerie gab es sogar eine Umkleidekabine!). Es war schwarz mit einem quadratischen Ausschnitt, der den Hals frei ließ, und hatte keine Ärmel, aber einen Glockenrock, der mir bis zu den Knien ging. Ich betrachtete mich im Spiegel und erkannte mich ohne meinen alten Kapuzenpulli und die abgewetzten Schuhe kaum wieder.

»Wenn Sie möchten, kann Ihnen Ihre Tante morgen bestimmt eine hübsche Frisur machen«, schlug Benson vor. »Hochgesteckte Haare sind bei Ihrem Vorhaben vermutlich am praktischsten.«

»Das wäre super. Vielen Dank, Benson«, sagte ich und umarmte ihn. »Das Kleid ist wunderschön, aber mein Plan beinhaltet, dass ich an einem Glasgebäude hochklettere. Deshalb brauche ich, auch was das angeht, eher etwas Praktischeres.«

»Nein, Amanda, alles, was Sie brauchen, ist Teil dieses Kleids.« Benson zog eine kleine Schublade auf, die sich an der Rückseite der Glasvitrine befand, und holte eine mittelgroße schwarze Handtasche und Ohrringe heraus, an denen kleine Diamanten funkelten. »Diese Ohrringe dienen zur Kommunikation, und diese Tasche ist größer, als sie aussieht. Alles Weitere, was Sie benötigen, wurde beim Kleid bereits mitbedacht.«

Den restlichen Nachmittag über erklärte mir Benson, wie die Uhr funktionierte. Wenn man eine Kombination aus Zahlen und Knöpfen drückte, wurde das Kleid zu einem Kletteranzug. Außerdem hatte es mehrere sprachgesteuerte Sicherheitsvorrichtungen. Die Ohrringe durfte ich auf keinen Fall und für nichts auf der Welt ablegen, denn ansonsten würden diese Sicherheitsvorrichtungen nicht funktionieren. Die Schuhe, die zu dem Kleid gehörten – und aussahen wie ein Paar einfache Ballerinas –, waren in Wahrheit zum Klettern ausgelegte Schuhe, die wie Katzenpfoten auf jeder Oberfläche Halt fanden. Am besten war jedoch die Handtasche: In ihrem Innern befanden sich spezielle Kletterhandschuhe und ein moderner Dietrich, mit dem ich jedes x-beliebige Schloss knacken konnte. Sobald man die Handschuhe und den Dietrich herausgenommen hatte, ließ sich die Handtasche durch einen versteckten Mechanismus zu einem Seilzug umfunktionieren, mit dessen Hilfe ich mich nach erfolgreichem Abschluss unserer Mission am Gebäude würde abseilen können.

Benson zeigte mir außerdem, wie man den Dietrich benutzte, auch wenn der das meiste selbst tat. Ich musste nur das Schloss scannen.

»Mit der Zeit werden Sie auch lernen, einen normalen Dietrich zu benutzen. Für eine gute Diebin sollte eine Haarnadel reichen, um jedes Schloss zu knacken.«

»Und wie lerne ich bis morgen, wie man klettert?«, fragte ich besorgt.

»Sie müssen das Klettern nicht lernen. Erinnern Sie sich an den Tag, an dem wir uns das erste Mal begegnet sind? Sie sind über Balkone und an Fassaden entlanggeklettert, als wären Sie eine Spinne.«

»Dann warst das also doch du, Benson? Du warst der Bote. Ich wusste es!«

»Natürlich war ich der Bote. Wer außer mir sollte Ihnen denn sonst Ihr Erbe überreichen? Ihre Eltern konnten nur mich damit betrauen. Ich habe all die Jahre auf Sie und Ihre Tante gewartet.«

»Oh, wow, ich hatte ja keine Ahnung.«

»Es war immer meine Aufgabe, mich um die Familie Black zu kümmern. Und das werde ich tun, solange die Familie besteht.« Und ohne dem noch etwas hinzuzufügen, wechselte Benson das Thema. »Ihr Freund Eric soll morgen nach der Schule vorbeikommen«, sagte er. »Denn wenn ich mich nicht gänzlich irre, ist er entschlossen, weiterzumachen, richtig?«

»Du irrst dich nicht, Benson«, erwiderte ich, während ich die Ohrringe wieder abnahm.

»Er wird ebenfalls einen Anzug brauchen. Und ich muss ihm noch erklären, wie das Tablet funktioniert, auf das die Daten der Drohnen übertragen werden.«

»Drohnen?«

»Natürlich, Amanda, wir dürfen nichts dem Zufall überlassen.« Ich wollte mehr über die Drohnen wissen, aber bevor ich Benson unterbrechen konnte, sprach er auch schon weiter: »Und jetzt muss ich mich verabschieden. Die Pflicht ruft, und ich muss das Abendessen zubereiten, ansonsten wird Ihre Tante Paula ungehalten. Und das wollen wir schließlich nicht, oder?«

»Nein, auf keinen Fall. Das wäre nicht lustig.« Um ehrlich zu sein, war Tante Paula richtig Furcht einflößend, wenn sie wütend war.

»Um halb acht serviere ich das Abendessen im Speisesaal.

Ich schlage vor, Sie studieren bis dahin weiterhin die Ausrüstung und ihre Funktionen. Morgen wird ein großer Tag. Wenn Sie es schaffen, den Schlüssel zurückzuholen, ist dieses Haus und alles, was sich darin verbirgt, in Sicherheit. Wenn Sie es nicht schaffen …«

Er ließ den angefangenen Satz in der Luft hängen, aber in meinem Kopf vervollständigte er sich trotzdem.

Wenn ich es nicht schaffte, diesen Schlüssel zu stehlen, würden wir nicht nur das Haus verlieren. Früher oder später würde außerdem unser Geheimnis ans Licht kommen, denn Tante Paula und ich konnten unmöglich die ganze Ausrüstung aus der Werkstatt mitnehmen.

Kapitel 26

Nachdem Eric mit seiner Mutter zu Abend gegessen hatte, spülte er das Geschirr ab. Das tat er immer, da er ihr so viel Arbeit wie möglich abnehmen wollte. Seine Mutter arbeitete ohnehin mehr als genug.

Eric war nervös wegen dem, was sie am nächsten Tag vorhatten, aber er würde seine Freundin nicht hängen lassen. Er konnte immer noch nicht recht glauben, wie sehr sich sein Leben innerhalb weniger Tage geändert hatte: War er vor Kurzem bloß ein Streber gewesen, den alle auf der Schule ärgerten – obwohl, daran hatte sich nicht viel geändert –, so erlebte er jetzt gerade ein ziemlich unglaubliches Abenteuer, bei dem er einer Diebin half, mit der er außerdem befreundet war.

Krass! Einfach nur krass!, dachte Eric zum neunzehnten Mal und grinste von einem Ohr zum anderen. Das war das Aufregendste, was ihm je passiert war.

Zum ersten Mal seit dem Kindergarten hatte er jemanden, den er als Freundin bezeichnen konnte. Und er machte sich nichts vor, was die Entwicklung dieser Freundschaft anging. Zuerst war er nur aus Neugier auf Amanda zugegangen, und dann, nachdem er gesehen hatte, welche Möglichkeiten die »Werkstatt« der Familie Black bot, hatte er überlegt, ob Amanda ihm vielleicht bei der Suche nach seinem Vater half, wenn sie sich noch besser anfreundeten. Er und sein Vater hatten sich sehr nahegestanden, und Eric hatte es gefallen, wenn sein Vater ihm etwas über Computer beibrachte. Das hatte er ziemlich oft getan. Einmal hatte sein Vater ihm erzählt, dass er sich mit seiner Arbeit am Rande der Illegalität bewegt hätte, bis diese Regierungsbehörde ihn kontaktiert und ihm angeboten hatte, für sie zu arbeiten. Eric hatte keine Ahnung, was genau seine Arbeit beinhaltete, aber sein Vater hatte immer Zeit für ihn und seine Mutter gefunden. Sie hatten Stunden damit verbracht, im Garten hinter dem Haus mit dem Ball zu spielen. Und Eric hatte die Nachmittage an den Wochenenden geliebt, an denen die ganze Familie im Wohnzimmer einen Film anschaute und Popcorn aß. Er vermisste das alles so sehr. Er vermisste seinen Vater so sehr.

Aber jetzt, nur wenige Tage, nachdem er Amanda kennengelernt hatte, war es ihm nicht mehr so wichtig, ob sie ihm helfen konnte, seinen Vater zu finden. Jetzt war ihm nur noch wichtig, dass Amanda nichts passierte. Das, was sie vorhatten, war ziemlich gefährlich. Wenn Irma Dagon diesen Schlüssel wirklich besaß, dann bedeutete das, dass sie ihn zuvor gestohlen hatte. Oder jemanden zur Villa Black geschickt hatte, um ihn zu stehlen. Aber wie auch immer, das Ergebnis war das gleiche: Ihre Gegner waren gefährlich.

Allerdings wollte er auch nicht, dass seine neue Freundin alles verlor. Sie hatte ihm nach und nach ihre Geschichte erzählt, und er wusste nun unter anderem, dass sie, bevor sie die Villa geerbt hatte, in einer Wohnung gelebt hatte, in der kaum Platz für sie und ihre Tante gewesen war, dass das Geld kaum bis zum Monatsende gereicht hatte und dass Amanda ihre Hausaufgaben in einem Lüftungsschacht hatte machen müssen … Eric wollte nicht, dass sie in dieses Leben zurückmusste.

Er schaffte es nicht, sich zu entspannen. Er musste irgendetwas tun, ansonsten würden sich seine Gedanken nur noch mehr um das drehen, was sie am nächsten Tag vorhatten. Und dann würde er noch nervöser werden, als er ohnehin schon war. Also beschloss er, Amanda eine WhatsApp zu schreiben.

Wie läuft es mit Lernen (für Sozialkunde)?

Meh. Ich hatte noch keine Zeit, um viel zu lernen ☹ Und du? Bist du dir sicher, dass du weiter dabei sein willst?

Eric zögerte ein paar Sekunden, bevor er eine Antwort tippte.

Ja klar. Wenn ich dich allein lass, verkackst du es womöglich 😛

Hahaha! Pass du lieber auf, dass du dich morgen nicht von Esme ablenken lässt 😉

Bis dann!

Keiner der beiden wusste, was am nächsten Tag alles passieren würde. Hätten sie es gewusst, hätten sie vielleicht zweimal darüber nachgedacht, ob sie wirklich weitermachen wollten.

Kapitel 27

In der Schule lief es wie erwartet. Da ich mich mit Eric angefreundet hatte, war ich nun offiziell Teil der Loser- und Strebergruppe. Keine große Überraschung.

Der für die anderen unerwartete Twist würde kommen, wenn ich den Test in Sozialkunde verpatzte. Mal sehen, in welche Gruppe sie mich dann steckten.

Die Mittagspause nutzte ich, um ein paar der Themen zu wiederholen, die im Test abgefragt werden sollten. Ich wollte schließlich nicht all die Leute enttäuschen, die mich in den Gängen als Streberin und Freak beschimpften.

Nein, Spaß beiseite, ich hatte eine Scheißangst. Wenn ich den ersten Test auf der neuen Schule verhaute, würde mir meine Tante verbieten, die Ausbildung als Diebin fortzusetzen. Und du musst schon zugeben, dass diese Ausbildung echt ziemlich cool war.

Nach dem Unterricht kam Eric mit zu mir nach Hause, wo

wir die letzten Punkte unseres Plans besprechen und uns umziehen wollten. Als wir die Villa betraten, hatte Benson bereits einen Anzug für ihn herausgelegt und außerdem die ganze Ausrüstung vorbereitet, die er brauchen würde. Sie bestand lediglich aus einem kleinen flachen und transparenten Tablet, auf das Benson den Grundriss des Dagonturms gespielt hatte. Außerdem konnte Eric damit alle Daten von den Drohnen empfangen, die der Butler von einem Kleintransporter aus steuern würde, den er ein paar Straßen vom Gebäude entfernt parken wollte. Das Tablet hatte zudem eine Fernbedienung, mit der Eric die einzige Drohne lenken konnte, für die er zuständig war. Es war eine von denen, die mir folgen sollten. Mein Freund war sehr zuversichtlich, dass er seinen Teil der Mission erfüllen konnte. Immerhin ging es darum, Technikkram zu benutzen, und das war sein Spezialgebiet. Etwas nervöser machten ihn unsere Alternativpläne. Was die anging, war er nicht ganz so zuversichtlich, aber er glaubte trotzdem, dass er es schaffen würde, das zu tun, was nötig war.

Benson gab ihm auch noch eine Brille, die auf den ersten Blick aussah wie eine ganz normale Brille. Tatsächlich konnte er damit aber mit mir reden und mich hören. Benson erklärte ihm außerdem, was er zu tun hatte, wenn irgendetwas nicht nach Plan lief. Wir hatten für alles einen Plan B, wir hofften nur, dass wir diese Alternativen nicht brauchen würden.

Zumindest glaubten wir, wir hätten für alles einen Plan B. Es stellte sich heraus, dass dem nicht so war, aber wir wollen nicht vorspringen.

Während Eric und Benson in der Werkstatt waren, lernte ich wieder für den Test am nächsten Tag.

Sobald alles vorbereitet war, brachte uns Benson mit dem Auto zum Eingang des Dagonturms, wo wir uns mit Esme und ihren Eltern treffen wollten. Eric und ich zitterten regelrecht, so nervös waren wir. Das hier war mein erster Coup. Und mit ziemlicher Sicherheit der letzte, wenn nicht alles gut ausging.

»Da seid ihr ja!«, rief unsere Freundin Esme, als sie uns aus dem Auto steigen sah.

Eric wurde bei ihrem Anblick sofort rot. Aber diesmal war ich zu abgelenkt von dem, was vor uns lag, um ihn damit aufzuziehen.

Benson verabschiedete sich mit einem schiefen Lächeln und wünschte uns viel Glück für unsere Mission. Er würde das Auto nun zur Villa Black fahren und dann mit dem Kleintransporter zurückkommen.

Esme stellte uns ihren Eltern vor, und dann gingen wir zum Eingang des Gebäudes, wo zwei Männer und eine Frau die Namen auf den Einladungen mit denen auf einer Liste abglichen und sich versicherten, dass niemand bewaffnet war …

Niemand außer ihnen, denn unter ihren eleganten schwarzen Jacketts konnte ich eine Ausbuchtung sehen, die ziemlich sicher von einer Waffe kam.

Und ich hatte recht. Einer von ihnen machte eine Bewegung, bei der sich sein Jackett öffnete, und mein Verdacht bestätigte sich: Diese Securitys waren bewaffnet.

»Wir müssen wirklich vorsichtig sein«, flüsterte ich Eric ins Ohr. »Die haben Waffen. Pass gut auf dich auf.«

Auch wenn dieser Empfang veranstaltet wurde, um die Heimkehr des Diamantschlüssels zu feiern, bekamen die Gäste das echte Ausstellungsstück gar nicht zu sehen. Das, was im Zentrum des Saals auf einem Samtkissen unter einer Vitrine aus Sicherheitsglas lag, war nur eine Kopie. Woher wir das wussten? Tante Paula hatte ihren Teil der Vorarbeit ebenfalls erfüllt. Auch wenn sie nach wie vor behauptete, dass sie nicht mehr die nötige Schnelligkeit besaß, um selbst Diebstähle zu begehen – im Ernst, diese Frau war die reinste Athletin, mich konnte sie nicht täuschen –, war sie eine unglaubliche Spionin. Sie hatte alles herausgefunden, was es herauszufinden gab, ohne ins Schwitzen zu kommen. Offenbar hatte sie überall ihre Kontakte, was für uns mehr als nur ein wenig hilfreich sein würde.

Der echte Schlüssel lagerte jedenfalls im obersten Stock, in einem Safe im Büro von Irma Dagon höchstpersönlich.

Der Moment war gekommen.

Ich schlich mich vom Empfang, ohne dass das Sicherheitspersonal von Irma Dagon es bemerkte, und machte mich auf den Weg in die oberen Etagen, wo sich die Büros der Firma befanden.

Die Uhr widersetzte sich mir ein wenig. Ich verfluchte mich erneut dafür, dass ich die Anleitung nicht richtig gelesen hatte. Aber schließlich schaffte ich es doch, dass das wunderschöne Kleid zum Kletteranzug wurde und die Handtasche zu dem Seilzug, den ich fürs Abseilen nutzen würde.

Ich kletterte aus einem der Fenster, um mit dem Aufstieg in den 180. Stock des Turms zu beginnen. Das war der schwierigste Teil, denn den Seilzug konnte ich nur zum Abseilen verwenden, nicht aber zum Hochklettern.

Ich klammerte mich in den feinen Ritzen zwischen den Glasplatten fest und kletterte los. So würde ich eine ganze Weile brauchen, bis ich im letzten Stock ankam.

Stockwerk um Stockwerk arbeitete ich mich an dem riesigen Gebäude hoch. Als ich über die Schulter sah, entdeckte ich eine von unseren Drohnen, die ein paar Meter über meinem Kopf schwebte. Ihr Anblick erinnerte mich daran, dass sowohl Eric als auch Benson hier waren und mir den Rücken freihielten. Das ließ mich ein wenig von meiner Angst vergessen. Das Wissen, dass sie mich beschützen würden, gab mir die Zuversicht zurück, die sich mit jedem Meter, den ich höher gestiegen war, weiter verflüchtigt hatte.

»Eric, hörst du mich?«

Es vergingen ein paar Sekunden, bis die Stimme von Eric ertönte.

»Ich höre dich. Sorry, dass es etwas gedauert hat, bis ich dir antworten konnte. Aber Esme hat sich mit mir unterhalten. Ich musste mich erst rausreden, dass ich aufs Klo muss. Was brauchst du?«

»Kannst du mir sagen, ob sich irgendjemand in den oberen Stockwerken aufhält? Ich hab Angst, dass man mich beim Raufklettern sieht und jemand den Alarm auslöst.«

Es folgte wieder eine kurze Pause, in der Eric die Informationen prüfte, die er von den von Benson gesteuerten Drohnen empfing.

»Es sind drei Securitys im obersten Stock, aber die halten sich nicht im selben Raum auf wie der Safe, in dem der Schlüssel aufbewahrt wird. In den vier Etagen darunter sind jeweils auch Securitys. Ich frage mich, ob wir es nicht doch lieber lassen sollten, Amanda.«

»Nein, du weißt, dass ich das nicht kann. Wir haben das hier geplant, wir können jetzt nicht aufgeben.«

Erneut Stille am anderen Ende der Leitung.

»Bist du dir sicher?«, fragte Eric.

»Natürlich bin ich mir nicht sicher. Aber mir bleibt keine andere Wahl.«

»Okay, ich leite unseren Plan B ein.«

Aufgrund der ersten unvorhergesehenen Hürde des Abends mussten wir unseren ersten Plan B starten.

Und der war nicht einfach.

Benson hatte uns gewarnt, dass unsere Kommunikation abbrechen könnte, da die Geräte längere Zeit nicht genutzt worden waren und er nicht die Zeit gehabt hatte, ihre Reichweite neu zu kalibrieren. Sollte also die Kommunikation abbrechen, musste Eric ein paar Etagen höher gehen, um mir, sobald ich in den oberen Stockwerken ankam, weiter den Weg weisen zu können.

Meine Arme und Beine wurden müde. Aber wenn ich losließ, war ich tot, platt gedrückt wie eine Kakerlake auf dem Asphalt unter mir. Sehr weit unter mir. Ich würde noch viel mehr trainieren müssen, das Leben einer Diebin stellte sich als ziemlich hart heraus. Das hier war dafür, dass es mein erster Auftrag war, nicht gerade die einfachste Sache der Welt ... Und ich konnte nicht aufhören, an den Test am nächsten Tag zu denken. Ich würde die ganze Nacht durchlernen müssen. Feiern würde ich später auch noch können. Die Liste der Dinge, die ich auf später verschob, wurde länger und länger.

In diesem Moment rutschte ich mit dem linken Fuß ab und drohte, ins Nichts unter mir zu fallen. Ein Schweißtropfen rann mir vom Haaransatz seitlich über das Gesicht, aber ich konnte ihn nicht wegwischen, bis ich wieder sicher auf der glatten Oberfläche stand.

Ich suchte verzweifelt mit dem Fuß nach Halt, während mein rechtes Bein mein ganzes Gewicht trug und immer heftiger zitterte.

Es war kurz davor, nachzugeben.

Ich würde abstürzen und ich konnte nichts dagegen tun.

Nach seinem Gespräch mit Amanda ging Eric zurück auf den Empfang. Er musste eine Möglichkeit finden, wie er hier raus- und in den fünfzigsten Stock hinaufkam. Aber die Ausgänge wurden alle von Securitys bewacht, die genauso gefährlich aussahen wie Dobermänner. Wie bewaffnete Dobermänner, wenn man es ganz genau nahm.

Er mischte sich unter die Gäste und lauschte den Gesprächen der Erwachsenen.

»Die Häppchen sind sehr gut«, sagte eine Frau in seiner Nähe.

»Und der Champagner ist von einer ausgezeichneten Qualität«, antwortete ihre Begleitung.

Eric ging weiter, während er darauf wartete, dass einer der Securitys aufs Klo musste. Vergeblich.

»Ich überlege, ob ich noch mal ins Büro hochfahren soll. Ich hab vergessen, ein paar Daten zu überprüfen. Aber jetzt bin ich schon hier …«, sagte einer der Gäste hinter Eric.

Es handelte sich um einen großen Mann mit Bart, der an die fünfzig Jahre alt sein musste. Zumindest vermutete Eric das wegen der weißen Strähnen, die seine Haare an den Schläfen durchzogen. Der Mann war elegant gekleidet, doch der Stoff seines Hemdes spannte sich um seinen Bauch.

»Mach es einfach morgen. Ich glaube nicht, dass die Aufzüge noch in Betrieb sind. Der Empfang ist ziemlich gut bewacht.«

Eric folgte dem Mann mit dem Bart, versteckte sich dabei zwischen den anderen Gästen und gelangte so bis zu den Aufzügen. Dort duckte er sich hinter eine Pflanze und ließ den Mitarbeiter keine Sekunde lang aus den Augen.

Der Mann durchwühlte seine Hosentaschen, bis er schließlich fand, wonach er gesucht hatte. Nämlich seine Brieftasche. Daraus holte er eine Karte und zog sie durch ein Lesegerät, das neben den Aufzügen angebracht war. Das *Pling*, mit dem sich die Aufzugtüren öffneten, verriet Eric, dass die Aufzüge tatsächlich noch in Betrieb waren.

Bevor der Mann die Kabine betreten konnte, näherte sich ein Security. Er erinnerte Eric an die Männer aus dem Film *Men in Black*. Nichts an ihm war auffällig, er sah genauso aus wie die anderen Securitys auf diesem Empfang. Er war doppelt so breit wie der Mann mit dem Bart, aber Eric hätte sein ganzes Taschengeld darauf verwettet, dass es kein Fett, sondern Muskeln waren, die sich unter dem schwarzen Jackett abzeichneten.

»Wohin wollen Sie?«, fragte der Security drohend.

»Ich bin ein Mitarbeiter dieser Firma«, erwiderte der Mann mit zittriger Stimme, während er einen Schritt nach vorne machte. »Ich muss kurz an meinen Schreibtisch und ein paar Dinge erledigen.«

»Das können Sie morgen machen, heute sind die oberen Stockwerke gesperrt«, sagte der Security nun etwas freundlicher.

Der Mitarbeiter trat gegen die Wand und kehrte dann mit gesenktem Kopf auf den Empfang zurück.

Eric schlug das Herz bis zum Hals. In gerade einmal zehn Minuten hatte er alle Informationen erhalten, die er brauchte. Jetzt musste er nur noch an eine dieser Karten rankommen … Und er wusste auch schon, wo er eine finden würde.

Es war riskant, aber er hatte keine andere Wahl, wenn sie den Diebstahl des Diamantschlüssels durchziehen wollten.

Kapitel 28

Ich hatte keine Kraft mehr in den Armen, um mich festzuhalten, und ich fand auch mit den Füßen nirgendwo mehr Halt. Meine Finger rutschten langsam aus der Spalte, in der ich mich festklammerte. Mein Blick zuckte immer wieder zum Boden, und ich sah schon, wie mein Körper dort unten, so viele Meter unter mir, auf dem Asphalt endete.

Doch plötzlich wendete sich das Blatt.

Mit dem Fuß, mit dem ich vorhin abgerutscht war, fand ich Halt auf einer glatten Oberfläche, und etwas klopfte mir sanft gegen das andere Bein. Ich neigte den Kopf, um nachzusehen, wer oder was mir in dieser Höhe half. Aber wenn ich bedachte, dass dieser Jemand oder dieses Etwas mir gerade das Leben gerettet hatte, wäre es mir ehrlich gesagt auch völlig egal gewesen, wenn sich herausgestellt hätte, dass es sich um das abscheulichste Vieh auf der ganzen Welt handelte. Ich hätte es sofort umarmt und mit Dankesküssen überschüttet.

Stattdessen erkannte ich aber eine der Drohnen, die Benson steuerte. Er musste mich in den Aufnahmen, die diese fliegenden Roboter übertrugen, gesehen und beschlossen haben, einzugreifen. Offenbar hatte auch er eine Liste mit mehreren Plan Bs, von denen er uns nichts erzählt hatte. Und versteh mich nicht falsch, ich hätte mich nicht mehr darüber freuen können. Aus dieser Höhe hinunterzustürzen, war bestimmt alles andere als angenehm.

Ich stieg auf den fliegenden Roboter, den Benson zu mir geschickt hatte, klammerte mich mit den Fingern fester in die Spalten und suchte erneut nach Halt für meine Füße. Sobald ich mich gefangen hatte, kletterte ich weiter, näherte mich mehr und mehr den Stockwerken, durch die Eric mich würde führen müssen. Aber wenn er es nicht mindestens bis in den fünfzigsten Stock schaffte, wäre das alles hier umsonst gewesen.

»Eric, hörst du mich? Ich bin fast da, du musst mich gleich führen.«

Ich wartete auf eine Antwort von meinem Freund, aber alles, was neben dem Rauschen aus dem Gerät zu mir durchdrang, war:

»Je… ni… Am…«

»Eric? Eric?«

Es kam keine Antwort.

Unsere Kommunikation war abgebrochen.

»Ich hab dich schon überall gesucht«, hörte Eric eine Stimme direkt neben seinem Ohr. »Kannst du mir mal verraten, was das soll? Und wo ist Amanda?«

Eric machte vor Schreck einen Satz in die Luft. Bis zu diesem Augenblick war ihm gar nicht aufgefallen, wie hübsch Esme aussah, und er konnte nicht verhindern, dass seine Wangen ganz warm wurden. In dem eng anliegenden dunkelvioletten Kleid und mit ihren dunkelbraunen Locken sah sie unglaublich aus. Aber er musste sich auf das Hier und Jetzt konzentrieren.

»Esme! Tatsächlich habe ich DICH gesucht, ich brauche deine Hilfe.« Er griff nach Esmes Arm und zog sie in die entfernteste Ecke des Saals. »Du musst etwas für mich besorgen.«

»Was ist los, Eric? Du machst mir Angst. Wo ist Amanda?«

»Hör zu, hör mir ganz genau zu, denn ich habe nicht viel Zeit. Das ist kein Scherz …«

Eric zögerte ein paar Sekunden. Er spürte, wie ihm ein paar Schweißtropfen über die Stirn rannen, während Esme mit einem neugierigen Ausdruck im Gesicht darauf wartete, dass er weitersprach. Er kratzte sich nervös am Kopf und versuchte herauszufinden, ob das die richtige Entscheidung war oder ob er nicht doch lieber einen anderen Weg einschlagen sollte. Aber ihm blieb nichts anderes übrig, als Esme alles zu erzählen. Sie war seine letzte Hoffnung, wenn er den fünfzigsten Stock rechtzeitig erreichen wollte.

»Und das soll ich dir glauben? Woher weiß ich, dass du mich nicht verarschst?«, fragte Esme, nachdem Eric kurz zusammengefasst hatte, was bisher geschehen war.

Eric tippte ein paar Befehle in das Tablet, das Benson ihm gegeben hatte, und hielt es Esme hin. Ihre Augen weiteten sich schlagartig, als könnte sie nicht glauben, was sie da auf dem Bildschirm sah. Ihre Lippen verzogen sich zu einem perfekten »O«.

»Sie bringt sich noch um. Wir müssen ihr helfen. Was kann ich tun?«

Eric hatte das Tablet mit den Drohnen verbunden, weshalb auf dem Bildschirm nun live übertragen wurde, wie Amanda an dem Gebäude hochkletterte.

»Ich brauche die Schlüsselkarte von deinem Vater für den Aufzug.«

»Kein Problem, besorg ich dir«, sagte Esme und zwinkerte ihm zu. Ein schräges Lächeln lag dabei auf ihren Lippen. »Warte dort hinten an der Tür, die zu den Aufzügen führt.«

»Danach musst du für mich ... Jetzt nicht, Amanda.« Eric tippte etwas in das Tablet und fuhr an Esme gewandt fort: »Danach musst du für mich den Security ablenken, damit ich in den Aufzug schlüpfen kann.«

»Schon dabei«, sagte Esme und entfernte sich von Eric. »Bin gleich zurück!«

Eric ging zur Tür, auf die Esme gezeigt hatte. Während er auf sie wartete, versuchte er, mit Amanda Kontakt aufzunehmen.

»Amanda … Bist du da?«, flüsterte er, damit ihn niemand belauschen konnte.

Als Antwort bekam er nur statisches Rauschen.

Esme war früher wieder zurück, als Eric erwartet hätte, und zeigte ihm unauffällig die Schlüsselkarte. Ein zufriedener Ausdruck lag auf ihrem Gesicht. Sie hatte dieses kleine Plastikrechteck in nur wenigen Minuten an sich gebracht.

»Na los, du musst einen Aufzug erwischen«, sagte sie und drückte Eric die Karte in die Hand, als sie sich an ihm vorbeischob. »Folg mir und versteck dich irgendwo. Ich werde den Security ablenken, während du dich in den Aufzug schleichst.«

Esme wandte sich zu den Aufzügen und marschierte langsam, aber entschlossen auf den Security zu. Der Mann erhob sich und wollte Esme vermutlich auf die Feier zurückschicken, doch sie ließ ihn gar nicht erst zu Wort kommen. Sie redete ohne Punkt und Komma auf ihn ein, hielt nur inne, um kurz Luft zu holen. Eric wusste das natürlich nicht, aber Esme hatte diesen Trick bereits mehr als nur einmal angewandt. Um genau zu sein, nutzte sie ihn jedes Mal, wenn sie jemanden ablenken musste.

Eric schlich sich, so schnell er konnte, zum Lesegerät und zog die Schlüsselkarte durch. Jetzt kam der schwierige Teil. Er sah zu

Esme, die es geschafft hatte, dass der Security mit dem Rücken zu ihm stand. In diesem Moment trafen sich kurz ihre Blicke, doch Esme konzentrierte sich schnell wieder auf den Security.

Das *Pling* des Aufzugs, als die Türen aufgingen, übertönte Esme mit einem lauten Husten.

Eric trat in die Kabine und drückte den Knopf für den fünfzigsten Stock.

Die Türen glitten zu … für Erics Geschmack allerdings viel zu langsam.

Er hörte Esme ein paarmal laut niesen; das Geräusch drang durch den Spalt, der immer noch offen war.

Die Türen schienen sich niemals ganz schließen zu wollen.

Im nächsten Moment war Eric auch schon auf dem Weg in den fünfzigsten Stock des Dagonturms.

Die Fahrt war kurz, dieser Aufzug war einer der schnellsten, mit denen Eric je gefahren war. Er verließ die Kabine, versteckte sich unter einem Tisch in der Nähe eines offenen Fensters, holte das Tablet heraus und rief Amandas aktuelle Position auf. Nicht weit über ihr befanden sich mehrere rote Punkte. Das waren die Securitys, denen Amanda bei ihrem Aufstieg ausweichen musste – was sie allerdings nicht ohne seine Hilfe schaffen würde.

»Amanda, ich bin hier. Ich hab deine Position. Los geht's.«

Kapitel 29

Endlich gab Eric ein Lebenszeichen von sich.

»Ich hör dich. Wo muss ich langgehen?«, fragte ich erleichtert.

»Klettere etwa zehn Meter nach links, dann weiter nach oben, bis ich Stopp sage.«

Eric führte mich, und ich folgte seinen Anweisungen, ohne sie infrage zu stellen. Es dauerte eine ganze Weile, allen Securitys auszuweichen, aber schließlich erreichte ich das oberste Stockwerk und schwang mich auf die riesige Terrasse, die zum Büro von Irma Dagon gehörte.

»Okay, ich bin da …«

»Versteck dich! Schnell!«, unterbrach Eric mich. Die Dringlichkeit in seiner Stimme war eindeutig. »Einer der Securitys nähert sich vom Flur aus. Er biegt gleich um die Ecke und sieht dich dann direkt durch die Glastür.«

Ich blickte mich um, suchte nach einem Versteck, aber es gab nicht wirklich viele Möglichkeiten. Auf der Terrasse befanden sich nur wenige Möbel, und die, die es gab, eigneten sich nicht im Geringsten als Versteck – denn sie waren transparent.

»Im Ernst!«, zischte ich frustriert. »Wer bitte hat transparente Möbel?«

Das Herz sprang mir beinahe aus der Brust, so schnell schlug es. Ich musste mich beruhigen, wenn ich heil hier rauskommen wollte. Ich musste einen kühlen Kopf bewahren und alle meine Möglichkeiten durchgehen. Nur so würde ich mein Ziel erreichen und, was noch viel wichtiger war, das Ganze überleben, um davon erzählen zu können …

»Die Blumenkästen, Amanda. Die Blumenkästen!«, drang Erics Stimme zu mir durch.

Oder ich konnte natürlich auch drauf warten, dass Eric meine Probleme löste.

Ich sprang hinter einen der Blumenkästen, die vor der Glastür standen, hinter der sich der Security näherte, und duckte mich, so gut es ging. Vorsichtig schielte ich zu dem Mann nach oben, dessen Blick sich in der Ferne verlor. Wenn er nach unten sah, würde er mich sofort entdecken. Ich presste die Augen fest zu und wappnete mich für das Schlimmste.

»Alles klar, Amanda, er geht weiter«, sagte Eric. »Beeil dich lieber mit dem Einsteigen in das Büro dieser Irma Dagon. Der Typ kann jederzeit zurückkommen.«

Ich erhob mich und trat auf die Tür zu, die zum Büro führte. Ich holte den Dietrich aus meiner Tasche und scannte das Türschloss. Es war elektronisch, und ich hatte keine Ahnung, ob der Dietrich, den Benson mir gegeben hatte, auch diese Art von Sicherung öffnete.

Ein leises Klicken verriet mir, dass er das tat.

Ich schlich mich in das Büro, ohne auch nur einen Mucks von mir zu geben, und wartete ein paar Sekunden, bis sich meine Augen an die Dunkelheit gewöhnt hatten.

Tante Paula hatte gemeint, der Safe befände sich in der Wand hinter dem Schreibtisch. Ich näherte mich dem Tisch, setzte mich auf den Sessel von Irma Dagon und tastete die Unterseite des Tisches ab.

Da! In Reichweite der rechten Hand war ein Knopf!

Ich hatte die Frau gegoogelt. Durch die Videos im Internet, die ich mir angesehen hatte, wusste ich, dass sie Rechtshänderin war. Und mir war aufgefallen, dass sie keine unnötigen Wörter verschwendete, wenn sie eine Rede hielt. Sie redete nicht um den heißen Brei herum, sie kam immer sofort zum Punkt und sagte das, was sie zu sagen hatte. Dasselbe galt für ihre Bewegungen. Wenn sie ein Ziel mit zwei Schritten statt mit drei erreichen konnte, dann machte sie auch nur zwei Schritte. Außerdem hatte sie einen Hund, einen Afghanischen Windhund, der Stephen hieß, benannt nach dem Autor

Stephen King. Einer ihrer Lieblingsautoren. Als sie noch klein war, hatte ihr ihr Vater ihren ersten Afghanischen Windhund geschenkt. Nur wenige Tage später waren ihre Eltern bei einem Verkehrsunfall gestorben. Dieser Hund war viele Jahre lang ihr einziger Freund gewesen, und als er ebenfalls starb, ersetzte sie ihn durch Stephen, der inzwischen zehn Jahre alt war. Ihr erster Hund hatte Peter geheißen.

Das mit den Hunden würde mir nicht wirklich was bringen, aber alles andere hatte mir geholfen, wie sie zu denken, mich in sie hineinzuversetzen. Und das war unglaublich nützlich, wenn man versteckte Knöpfe im Büro von Irma Dagon finden musste.

Ich drückte den Knopf und drehte mich um.

Als Erstes fuhr ein Bild nach oben, hinter dem sich eine Metallplatte verbarg. Danach glitt diese Metallplatte nach rechts zur Seite und gab den Blick auf den kleinen Safe frei, in dem der Diamantschlüssel aufbewahrt wurde.

Mein Schlüssel.

Mit zwei großen Schritten war ich vor dem Safe und hielt den Dietrich an den Eingabebildschirm, der in die glatte Oberfläche eingelassen war.

Es ertönte kein Klicken.

Ich hielt den Dietrich erneut davor.

Nichts.

Um ganz sicherzugehen, versuchte ich es noch mal.

Gut, es war eigentlich klar gewesen, dass nichts passieren würde.

Ich wollte nicht wahrhaben, dass hier Endstation war.

Nachdenklich musterte ich den Eingabebildschirm, dessen digitale Tastatur geduldig darauf wartete, dass jemand das Passwort eintippte. Es war auch klar, dass dieser Jemand nicht ich sein würde, weil ich nicht die geringste Ahnung hatte, was das Passwort sein … Es sei denn … Eine Idee blitzte in meinem Kopf auf. Es war gefährlich, denn wenn ich dreimal falsch tippte, würden sämtliche Alarme losgehen. Aber ich musste es versuchen.

Ich versetzte mich wieder in Irma Dagon hinein.

Okay. Also, ich bin eine Frau, eine erwachsene Frau, seit meiner Geburt Millionärin. Ich habe keine Familie und pflege nur ein paar wenige enge Freundschaften. Ich arbeite zehn Stunden am Tag und den Rest meiner Zeit verbringe ich allein zu Hause … Ja gut, nicht allein, sondern mit meinem Hund. Jedes Jahr veranstalte ich an meinem Geburtstag eine große Feier für meine Angestellten, die ich so gut wie möglich behandle, weil sie die einzige Familie sind, die ich habe. Ich lese gern und reise sehr oft an abgelegene Orte … Mit welchem Passwort schütze ich meinen Safe?

Niemand wusste, wie alt Irma Dagon war, aber meine

Tante hatte ihr Geburtsdatum trotzdem herausgefunden. Ich tippte das Datum ein und drückte dann auf ENTER.

FEHLER. NOCH ZWEI VERSUCHE ÜBRIG.

Ich hatte es langsam echt satt, Passwörter auf Touchscreens einzugeben. Beim letzten Mal war nichts Schlimmes passiert, aber dieses Mal würde die Konsequenz alles andere als erfreulich sein.

Bevor ich es noch mal versuchte, dachte ich nach. Ich machte ein paar Schritte vom Safe weg, ein anderer Blickwinkel auf das Ganze war jetzt nötig. Ich trat auf das volle Bücherregal auf der linken Seite des Schreibtisches zu, und als ich daran vorbeiging, fiel mir ein Foto ins Auge: Darauf war ein hübsches blondes Mädchen zu sehen, das einen Hund umarmte, der deutlich besser frisiert war als ich. Und deutlich eleganter aussah als ich, wenn wir schon dabei waren.

So einfach konnte es nicht sein.

Unmöglich, dass es tatsächlich so einfach war … Obwohl, wenn man genauer darüber nachdachte, betrat niemand außer Irma Dagon dieses Büro. Warum sollte sie also ein kompliziertes Passwort verwenden? Um es irgendwo aufschreiben zu müssen? Nein, besser, man nahm gleich eins, das man sich leicht merken konnte …

Ich tippte »STEPHEN« ein und drückte auf ENTER.

FEHLER. NOCH EIN VERSUCH ÜBRIG.

Ich atmete durch die Nase ein, bis meine Lunge voll war, dann atmete ich langsam wieder aus und versuchte, ruhig zu bleiben.

Es brachte nicht wirklich etwas, wenn ich ehrlich bin.

Ich hatte nur noch einen Versuch. Einen einzigen Versuch. Ich durfte nicht mehr falsch tippen.

Ich näherte meinen behandschuhten Zeigefinger ganz langsam der Tastatur und betete, dass das Passwort diesmal stimmte.

Ich tippte auf das P.

Dann auf das E.

Danach auf das T.

Ich zögerte kurz. Wenn das falsch war, war's das.

Ich drückte erneut auf das E.

Danach sanft auf das R.

»PETER«

Und schließlich drückte ich ENTER.

Der Safe öffnete sich.

Und darin lag der Diamantschlüssel.

Ich hielt ihn ein paar Sekunden in den Händen und verbarg ihn danach sicher in meiner Tasche. Eine merkwürdige Energie lief mir in Wellen durch den Körper. Ich hätte hier und jetzt vor Glück laut lachen können, wenn da nicht die

bewaffneten Securitys auf der anderen Seite der Tür gewesen wären. Dieser Gedanke erinnerte mich an etwas: Ich musste so schnell wie möglich weg.

Der Abstieg sollte um einiges einfacher sein als der Aufstieg, da ich mich nur abseilen musste.

»Eric, ich hab ihn. Verschwinde von hier. Ich seile mich ab und mische mich dann wieder unauffällig unter die Gäste.«

»In Ordnung. Lass mich kurz nachschauen, was unter dir ist.« Ein paar Sekunden herrschte Stille. »Der Weg ist frei. Los.«

Ich sicherte das Seil und ließ mich so schnell wie möglich daran nach unten gleiten.

Als ich ein paar Sekunden später ein Surren hörte, blickte ich nach oben. Die Drohne, die von Eric gesteuert wurde, näherte sich mir mit voller Geschwindigkeit. Sie hielt ein paar Meter über mir in der Luft. Ich stoppte meinen Abstieg, da ich nicht verstand, was das sollte.

An einer Seite der Drohne glitt ein Messer hervor und durchtrennte das Seil, an dem ich hing.

Ich hatte keine Zeit mehr, mich an der Glasfront des Gebäudes festzuhalten.

Ich stürzte wie ein Stein nach unten.

Alle möglichen Gedanken gingen mir durch den Kopf, aber nur eine Erklärung ergab Sinn.

Eric hatte mich verraten.

Kapitel 30

»Wir wissen, dass Sie hier sind«, sagte jemand ein paar Meter neben Eric. »Kommen Sie mit erhobenen Händen heraus, Sie sind umzingelt.«

Eric zuckte zusammen. Er hatte keine Ahnung, wie sie ihn gefunden hatten.

Der Security fuhr fort, nun allerdings nicht mehr an ihn gewandt: »Subjekt eins ist umzingelt, darum kümmern wir uns. Habt ihr die Person an der Außenwand lokalisiert?«

»Ja, wir fangen sie im siebzigsten Stock ab«, ertönte eine metallische Stimme. Der Typ, der Eric in die Ecke gedrängt hatte, sprach mit seinen Kollegen über ein Funkgerät.

Eric wusste nicht, was er tun sollte. Für diese Situation gab es keinen Plan B, er musste also improvisieren. Am wichtigsten war es, Amanda zu beschützen.

Und dafür gab es nur einen Weg.

Er tippte einen Befehl in das Tablet. Ihm blieb nichts anderes übrig.

Er musste ihr Seil durchtrennen, bevor sie im siebzigsten Stock ankam.

Danach versteckte er das Tablet in der Tasche seines Anzugs und trat mit erhobenen Händen aus seinem Versteck. Der Wind, der durch das Fenster hereinkam, fuhr ihm durch die Haare und kitzelte ihn an der Stirn.

»Schon gut, schon gut, es gibt keinen Grund, die Waffe auf mich zu richten. Ich kann nirgendwo mehr hin«, sagte Eric und ging auf den Mann zu.

Als der sah, dass Eric bloß ein Kind war, ließ er die Waffe sinken.

Eric machte noch zwei Schritte und blieb dann stehen. Er warf einen schnellen Blick über die Schulter, war immer noch unentschlossen.

Er schüttelte den Kopf und traf eine Entscheidung. Er konnte nur hoffen, dass der Kerl nicht schoss.

»Komm bitte weiter auf mich zu. Wir werden dir nichts tun«, befahl der Mann.

Eric sah ihm mit erhobenen Händen entgegen.

Und dann tat er das Verrückteste, was er je getan hatte.

Er rannte auf das Fenster zu, unter dem er sich versteckt hatte, und sprang nach draußen.

Ich stürzte in voller Geschwindigkeit, konnte mich nirgendwo an der glatten Gebäudeoberfläche festhalten und sprach gerade die ersten Silben des Befehls aus, der die Sicherheitsvorrichtung aktivierte, als nur wenige Meter unter mir jemand aus dem Fenster sprang.

Es war Eric!

Er würde sterben.

Ich unterbrach den Befehl, ruderte mit den Armen und drehte mich so, dass ich mit dem Kopf voran stürzte, um meinen Fall zu beschleunigen.

Ich musste ihn einholen, ich konnte nicht zulassen, dass er auf dem Boden aufprallte. Er war mir noch eine Erklärung schuldig.

Meine Aktion war erfolgreich, der Abstand zwischen mir und meinem Freund verringerte sich.

Und schließlich bekam ich ihn zu fassen.

»HALT DICH AN MIR FEST. ICH MUSS DICH LOSLASSEN!«, schrie ich, damit er mich hörte. Eric klammerte sich wie ein Äffchen mit seinen Armen und Beinen an mir fest. Erst dann gab ich den Befehl für die Sicherheitsvorrichtung. »AKTIVIERE AEROANZUG!!!«

Sobald sich das Material über meine Arme gezogen hatte und meine Handgelenke fest umschloss, wusste ich, dass der

Vorgang beendet war. Jetzt konnte ich nur noch darauf hoffen, dass der Anzug das Gewicht von zwei Personen aushielt.

Ich streckte die Arme zur Seite, und sofort breiteten sich Flügel unter den Ärmeln aus.

Unser Fall wurde abgebremst, aber nicht genug. Das würde eine echt schwierige Landung werden.

Es fing an zu regnen. Hab ich schon erwähnt, dass ich Regen hasse?

Wir schwebten etwa fünfzig Meter weiter, wobei wir Bürogebäuden und Häuserblöcken auswichen. Aber ich sah nirgendwo eine Möglichkeit zum Landen. Wenn wir gegen eines dieser Gebäude krachten, waren wir tot. Unsere Optionen hatten sich auf zwei reduziert: Entweder wir starben beim Aufprall oder wir stürzten in den Tod … Beide gefielen mir nicht besonders.

Schließlich tauchte vor uns ein Park auf.

Es wuchsen zu viele Bäume darin, und wir waren vom Regen inzwischen völlig durchnässt, was auch nicht gerade hilfreich war. Aber es war immer noch besser als das, was wir hinter uns ließen.

»MACH DICH BEREIT! WIR LANDEN!« Kaum hatte ich die Worte gesagt, verstärkte Eric seinen Griff. Er ließ mir kaum noch Luft zum Atmen. »DAS WIRD NICHT ANGENEHM!«

Nein, es würde ganz und gar nicht angenehm werden. Weder die Landung noch die Erklärung, die Eric mir schuldete. Ich konnte nur hoffen, dass er eine gute Entschuldigung dafür hatte, warum er mich auf solche Weise verraten hatte.

Irgendwo in den Tiefen meines Gehirns blitzte der Gedanke auf, dass ich ihn vielleicht einfach hätte sterben lassen sollen. Doch den Gedanken verwarf ich sofort wieder.

Zuerst wollte ich hören, was er zu sagen hatte.

Wir landeten in einem Durcheinander aus Armen und Beinen. Oder besser gesagt, wir krachten in einen Baum, der unseren Fall abbremste. Wir prallten gegen einen Ast nach dem anderen, bis wir auf der Grünfläche aufkamen, die den Baum umgab.

Eric kam vor mir auf die Beine und hielt mir die Hand hin.

»Geht es dir gut?«, fragte er.

Ich schlug seine Hand weg. Ich wollte seine Hilfe nicht, ich war stinksauer auf ihn.

»Kannst du mir vielleicht verraten, warum du mein Seil durchtrennt hast? Und warum du aus dem Fenster gesprungen bist?«, brüllte ich ihn an. »Du hättest uns beinahe umgebracht!« Eric wich erschrocken einen Schritt zurück. »Was? Hast du nichts dazu zu sagen? WARUM HAST DU MICH VERRATEN? ICH BIN SO EINE IDIOTIN, ICH HÄTTE

DIR NIE VERTRAUEN SOLLEN. DIR NICHT UND AUCH SONST NIEMANDEM!«

Eric sah mich verständnislos an, während er langsam auf mich zukam.

»Amanda, ich habe dich nicht verraten …«, begann er.

»Mir egal, was du sagst! Ich will es nicht hören!«, unterbrach ich ihn. »Besser, ich verschwinde von hier. Die Polizei wird bestimmt bald da sein.«

In der Ferne waren Sirenen zu hören.

Ich wirbelte auf dem Absatz herum und rannte durch den Park in die Richtung, in der Benson den Transporter geparkt hatte.

Eric ließ ich zurück, und mit ihm auch unsere Freundschaft. Die erste, die ich jemals gehabt hatte. Aber mein Leben war dafür im Moment einfach zu kompliziert. Ich durfte niemanden an mich heranlassen, dem ich nicht zu hundert Prozent vertrauen konnte.

Ich war auf mich allein gestellt.

Kapitel 31

Als ich den Transporter von Benson endlich erreichte, war ich völlig außer Atem.

Ich riss die Beifahrertür auf und kletterte auf den Sitz.

»Fahr los, Benson, ich hab den Schlüssel«, sagte ich und schluckte den Kloß hinunter, der mir die Kehle zuschnürte.

»Und Ihr Freund Eric?«, fragte der Butler. »Geht es ihm gut? Ich habe über die Drohnen gesehen, wie er aus dem Fenster sprang, als sie ihn umstellt hatten.«

Ich starrte Benson mit großen Augen an.

»Sag das noch mal, Benson«, bat ich mit ganz leiser Stimme.

»Ihr Freund war umstellt und sprang aus dem Fenster«, wiederholte der Butler. »Er musste Ihr Seil durchtrennen, denn das Sicherheitspersonal von Irma Dagon stand an den Fenstern des siebzigstens Stockes. Man wollte Sie offenbar dort abfangen. Wo ist er? Wir können ihn nicht hierlassen.«

»Bin sofort wieder zurück, Benson«, sagte ich, während ich

die Wagentür öffnete und hinaussprang. Im Wörterbuch war neben dem Wort »Idiotin« garantiert ein Foto von mir abgebildet. Zumindest fühlte ich mich so. Ich empfand eine Mischung aus Scham und Reue. Und daran war ich selbst schuld, weil ich vorschnell Schlüsse gezogen hatte.

»Was ist passiert, junge Dame?«

»Nichts, Benson, nichts ist passiert. Ich bin bloß eine riesige Idiotin.«

Ich rannte wieder zum Park zurück. Rannte so schnell, wie mich meine Beine trugen, was nach diesem Abend nicht mehr besonders schnell war.

Im Ernst, ich musste wirklich trainieren.

Kaum hatte ich den Park erreicht, erkannte ich in der Ferne eine große und schlanke Gestalt, die mit schlurfenden Schritten und hochgezogenen Schultern durch den Regen lief.

Ich legte noch mal einen Gang zu. Endlich hatte ich ihn so gut wie eingeholt.

»Eric! Eric!«, rief ich keuchend. Meine Lunge brannte. »Eric, warte!«

Mein Freund blieb stehen, drehte sich aber nicht zu mir um.

Ich stützte mich an seiner Schulter ab. Er wandte mir weiterhin den Rücken zu.

»Eric, es tut mir leid«, sagte ich. »Ich bin so eine Idiotin.

Benson hat mir gerade erzählt, dass du aus dem Fenster springen musstest, damit sie dich nicht erwischen.« Er nickte. »Und du musstest mein Seil durchtrennen, weil sie schon auf mich gewartet haben, nicht wahr?« Er nickte erneut. »Es tut mir so leid, ich hätte dir nicht so misstrauen dürfen.«

Endlich drehte Eric sich um. Seine Augen waren gerötet, als hätte er geweint. Aber jetzt waren keine Tränen mehr zu sehen. Sein ernster Gesichtsausdruck machte mir klar, wie sehr ich sein Lächeln vermissen würde, wenn ich es nicht schaffte, diesen Schlamassel zu klären.

»Ich hatte nie viele Freunde, Amanda. Ich hab das alles getan, weil ich dir helfen wollte. Warum also sollte ich dich verraten? Welche Gründe hätte ich dafür?«

Ich überlegte einen Moment, doch ich wusste nicht, was ich darauf antworten sollte.

»Ich weiß es nicht«, gestand ich schließlich. »Ich hatte auch nie viele Freunde. Ich bin es nicht gewohnt, anderen Menschen zu vertrauen.«

»Okay, aber wenn du mich weiterhin dabeihaben willst, dann musst du mir vertrauen.« Er streckte mir die Hand entgegen. »Abgemacht?«

»Das heißt, du verzeihst mir? Du hilfst mir auch in Zukunft bei dieser ganzen Sache?«

Eric lächelte. Es war eines von diesen Lächeln, die bedeuteten, dass alles gut gehen würde, solange wir zusammenblieben. Zumindest kam es mir so vor. Zum ersten Mal in meinem Leben war ich froh, dass ich mich geirrt hatte … Und das kam echt selten vor.

»Abgemacht!«, rief ich, ignorierte seine ausgestreckte Hand und umarmte ihn. »Und jetzt verschwinden wir von hier.«

»Warte kurz, Amanda«, bat Eric, der vor einem der Computer in der Werkstatt saß und so schnell tippte, dass seine Finger regelrecht über die Tastatur flogen. »Ich muss noch eine Sache fertig machen.«

Benson räumte die ganze Ausrüstung weg, während Tante Paula eine Flasche Champagner öffnete.

»Darauf müssen wir anstoßen!«, verkündete sie, während sie zwei Gläser füllte. »Nein, nein, nein, Liebes«, sagte sie, als ich mich den Gläsern näherte. »Für euch steht Limo im Kühlschrank, diese Gläser sind für Benson und mich.«

»Was machst du denn da, Eric?«, fragte ich ungeduldig. »Ich will endlich die Galerie der Geheimnisse öffnen.«

»Bin schon fertig«, erwiderte mein Freund und drückte noch eine Taste, bevor er sich im Stuhl zu uns herumdrehte. »Ich habe die Aufnahmen der Überwachungskameras von heute Abend gelöscht – sowohl die von denen im Dagonturm als auch die von denen in der Umgebung. Außerdem habe ich die Gästeliste gelöscht. Wenn sie nach uns suchen, werden sie es jetzt etwas schwerer haben.«

»Also, sind wir dann so weit?«, fragte ich und sah von einem zum anderen. »Kann ich die Galerie öffnen?«

»Die Ehre gebührt ganz allein dir«, sagte Tante Paula lachend. »Das hast du dir wirklich verdient.«

»Okay, cool«, sagte ich. »Und wo genau soll diese Galerie sein?«

Benson trat an einen der Computer heran und tippte eine Reihe von Befehlen ein.

Eine der Wände, die sich am weitesten von uns entfernt befanden, hob sich und gab eine Tür frei.

Ich ging darauf zu und schob mit zitternden Fingern den Schlüssel ins Schloss.

Der Schlüssel ließ sich nicht drehen.

Ich versuchte es noch mal.

Er ließ sich immer noch nicht drehen.

Ich versuchte es erneut.

Nichts.

»Darf ich kurz, Amanda?«, bat Benson und kam mit einem Spray in der Hand auf mich zu. Ich machte ein paar Schritte zurück. Benson zog den Schlüssel ab, sprühte kurz in das Schloss und steckte dann den Schlüssel wieder hinein. »Versuchen Sie es jetzt noch mal, bitte. Dieses Schloss wurde jahrelang nicht benutzt, vermutlich war es etwas blockiert. Nichts, was man nicht mit etwas Öl lösen kann.«

Ich trat erneut an die Tür heran und versuchte, den Schlüssel zu drehen.

Dieses Mal gab das Schloss das Klicken und Klacken von sich, das es schon beim ersten Mal hätte von sich geben müssen.

Ich drückte die schwere Tür auf, erst voller Ehrfurcht, dann mit voller Kraft, als sich besagte Tür mit der Ehrfurcht allein kein Stück bewegte.

Und dann, endlich, konnte ich die Galerie der Geheimnisse betreten.

Sofort rutschte der Moment, in dem ich das allererste Mal einen Fuß in diese Villa gesetzt hatte, auf Platz zwei der emotionalsten Augenblicke meines Lebens und wurde von diesem hier ersetzt. Denn jetzt trat ich mein Erbe wirklich an. Jetzt wusste ich ganz genau, wer ich war.

Ich war Amanda Black, Nachfahrin der Familie Black, das letzte Mitglied aus dem Geheimbund zu Ehren der Göttin Maat und Diebin von Artefakten zum Schutz der Menschheit.

Okay, und eine Loserin in der Schule, aber das passte nicht so ganz zum Rest der Liste.

Ich sah mich um. Es gab so viele Türen, dass mir allein beim Versuch, sie zu zählen, schwindelig wurde. Alle waren mit einer Nummer oder einem Symbol beschriftet. Vermutlich war das irgendein Hinweis darauf, was sich jeweils dahinter verbarg.

»Alsooooo, Tante Paula, hier sind sehr viele Türen. Hinter welcher ist das Geld?«

»Hinter der ersten auf der linken Seite … Aber sei bitte sehr vorsichtig und öffne die Türen nicht einfach wahllos, denn hier werden äußerst gefährliche Sachen aufbewahrt«, erwiderte Tante Paula.

»Und der Schlüssel? Wo ist der?«, fragte ich, als ich schon einen Schritt in die Galerie hinein gemacht hatte.

»Gib dein Geburtsdatum dort in das Eingabefeld ein, wir ändern es dann morgen.«

Ich tippte das Datum ganz konzentriert ein, damit ich ja keine falsche Zahl erwischte. Denn sonst könnten, so, wie ich das Haus inzwischen kannte, mehrere Dinge passieren; unter anderem könnte entweder ein Alarm losgehen oder die Tür blockieren oder alles in die Luft fliegen. Eine von diesen drei Sachen wäre die Konsequenz, ganz sicher.

Drei kurze Töne und ein grünes Licht auf dem Eingabefeld verrieten mir, dass ich mich perfekt an mein Geburtsdatum erinnert hatte, und was noch besser war, dass ich mich beim Eingeben nicht vertippt hatte.

Endlich konnte ich auf das Vermächtnis der Familie Black zugreifen.

Und was für ein Vermächtnis das war!

Tante Paula, Benson und ich würden nie wieder finanzielle Schwierigkeiten haben ... Und wenn Eric mir weiterhin half, würde ich ihm natürlich ein anständiges Gehalt dafür zahlen, dass er meine Familie beriet.

»Was sagst du dazu?« Tante Paula hatte sich mir von hinten genähert, ohne dass ich es bemerkt hatte. »Aber denk bitte daran, dass das alles hier einen Preis hat, der dich das Leben kosten könnte. Ich werde natürlich versuchen, dich zu beschützen, doch ab jetzt musst du hart arbeiten und viel trainieren.«

»Ich musste mich so entscheiden, Tante Paula, ich hätte es sonst ewig bereut.«

Tante Paula umarmte mich, und ich wusste, dass kein Vermächtnis zu gefährlich sein konnte, solange sie bei mir war.

Kapitel 32

BÜRO VON IRMA DAGON
DAGONTURM (DAGONPLATZ 1)
AM SELBEN ABEND

»Frau Dagon, wir haben die Polizei verständigt«, sagte der Sicherheitsbeauftragte der Dagon Corporation.

»Nein, sagen Sie denen, dass das ein Fehlalarm war. Die Polizei soll in diese Sache nicht involviert sein«, erwiderte Irma Dagon.

»Aber …«

»Sie verstehen nicht, Hamilton.« Irma Dagon erhob sich von ihrem Stuhl, ein Lächeln lag auf ihren Lippen. »Der Moment, auf den ich so lange gewartet habe, ist endlich gekommen. Die Galerie der Geheimnisse wurde wieder geöffnet.«

© Jose Jeosm

Autor

Juan Gómez-Jurado, geboren 1977 in Madrid, ist Journalist und einer der erfolgreichsten Schriftsteller Spaniens. Seine Romane werden in vierzig Sprachen übersetzt und ziehen Millionen Leserinnen und Leser weltweit in ihren Bann.

© Archivo de la autora

Autorin

Bárbara Montes ist Kinderpsychologin und Autorin. Zusammen mit dem Bestsellerautor Juan Gómez-Jurado hat sie bereits einige Kinderbücher geschrieben, darunter die erfolgreiche Reihe »Amanda Black«.

Illustrator

David Garcia Forés lebt und zeichnet in Barcelona. Schon in der Schule waren seine Notizen die beliebtesten – nicht wegen des Inhalts, sondern wegen der Skizzen an den Rändern. Er beschloss, sein Talent zum Beruf zu machen, und ist heute ein gefragter Illustrator.

Übersetzerin

Tamara Reisinger hat als Kind Bücher regelrecht verschlungen. Um ihrer Leidenschaft zu folgen, studierte sie Literaturübersetzen und arbeitete als Redakteurin in einem Kinder- und Jugendbuchverlag. Mittlerweile ist sie als freie Lektorin und Übersetzerin tätig.

Nina Blazon

Laqua – Der Fluch der schwarzen Gondel

384 Seiten, ISBN 978-3-570-18154-6

Eine Stadt mit vielen Gesichtern.
Eine dunkle Vergangenheit.
Eine gespenstische Entdeckung.

Kristina und ihr Bruder Jan sind sich sicher: In Venedig ist nicht alles, wie es scheint! Im Palazzo ihrer Familie häufen sich mysteriöse Vorfälle, und ein geisterhafter Dieb hält die Geschwister in Atem. Gemeinsam versuchen sie, ihm auf die Spur zu kommen. Dabei stoßen sie nicht nur auf eine unheimliche Gondel, sondern auch auf ein Familiengeheimnis. Doch können sie das Rätsel lösen, bevor das Unheil aus alten Zeiten über sie hereinbricht?

10482

cbj

www.cbj-verlag.de